BOM DE BRIGA

Do Autor:

O AZARÃO

BOM DE BRIGA

MARKUS ZUSAK

BOM DE BRIGA

Tradução
Ana Resende

BERTRAND BRASIL

Rio de Janeiro | 2013

Copyright © Markus Zusak, 2000.

Título original: *Fighting Ruben Wolfe*

Edição publicada mediante contrato com a Scholastic Australia Pty Limited.

Originalmente publicado pela Omnibus Books, divisão da Scholastic Australia Pty Limited, em 2000.

Capa: Rafael Nobre | Babilonia Cultura Editorial

Editoração: FA Studio

Texto revisado segundo o novo
Acordo Ortográfico da Língua Portuguesa

2013
Impresso no Brasil
Printed in Brazil

Cip-Brasil. Catalogação na fonte
Sindicato Nacional dos Editores de Livros. RJ

Z93b Zusak, Markus, 1975-
        Bom de briga / Markus Zusak; tradução Ana Resende.
      – Rio de Janeiro: Bertrand Brasil, 2013.
        208 p. : 21 cm

        Tradução de: Fighting Ruben Wolfe
        ISBN 978-85-286-1653-8

        1. Romance australiano. I. Resende, Ana. II. Título.

                                    CDD: 828.99343
12-9198   CDU: 821.111(436)-3

Todos os direitos reservados pela:
EDITORA BERTRAND BRASIL LTDA.
Rua Argentina, 171 – 2º andar – São Cristóvão
20921-380 – Rio de Janeiro – RJ
Tel.: (0xx21) 2585-2070 – Fax: (0xx21) 2585-2087

Não é permitida a reprodução total ou parcial desta obra, por quaisquer meios, sem a prévia autorização por escrito da Editora.

Atendimento e venda direta ao leitor:
mdireto@record.com.br ou (0xx21) 2585-2002

Para Scout

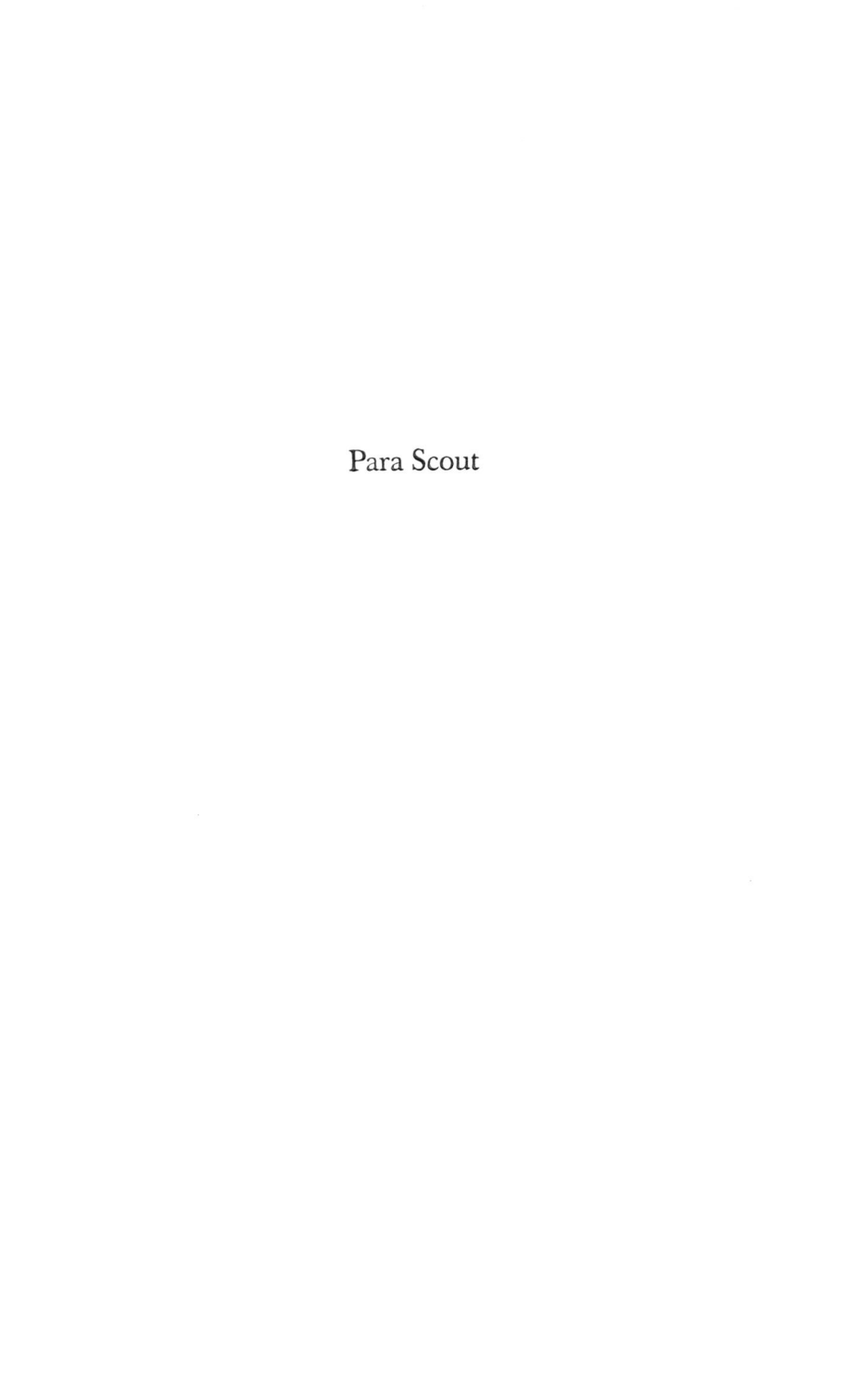

Um agradecimento especial
a Celia Jellett, por sua bondade,
dedicação e competência
a Vic Morrison, por todos os desafios

1

O cão no qual apostamos mais parece um rato.
– Mas ele consegue correr feito uma lebre – diz Rube. Ele é todo duas caras. Ele cospe e depois sorri. Cospe depois sorri. Um cara legal de verdade, meu irmão. Ruben Wolfe. É a nossa realidade.

Estamos na parte de baixo da arquibancada suja, sem cobertura.

Uma garota passa por nós.

Jesus, penso.

– Jesus – diz Rube, e essa é a diferença quando nós dois olhamos a garota, sonhando, respirando, vivendo. Não é sempre que garotas como essa aparecem nas corridas de cães. As que costumamos ver são ratinhas magricelas que fumam que nem chaminés, ou são cavalonas que não param de comer. Ou vadias que vivem enchendo a cara de cerveja. Essa que estamos vendo é uma raridade. Eu apostaria nela se ela pudesse correr na pista. Ela é demais.

Depois, só me resta o enjoo de olhar para pernas que não posso tocar ou bocas que não sorriem para mim. Ou quadris que não roçam nos meus. E corações que não batem por mim.

Enfio a mão no bolso e tiro uma nota de dez pratas. Ela deve me fazer esquecer as garotas. Quer dizer, eu gosto de olhá-las por um tempo, mas sempre acabo me dando mal. Fico com os olhos doloridos por causa da distância. E tudo o que consigo fazer é dizer algo do tipo: "Então, vamos apostar essa grana ou o quê, Rube?", como faço nesse dia cinzento, nesta cidade agradável e lasciva que eu chamo de lar.

— Rube? — chamo de novo.

Silêncio.

— Rube?

Vento. Latinha rolando. Cara fumando e tossindo bem atrás de mim.

— Rube, vamos apostar ou não?

Bato nele.

Com as costas da mão.

No braço do meu irmão.

Ele olha para mim e sorri de novo.

Diz:

— Tá bem.

E procuramos alguém para apostar por nós. Alguém maior de idade. Não é difícil encontrar por aqui. Um cara velho com metade da bunda pra fora da calça sempre vai apostar por você. Ele pode até pedir uma parte do lucro (se você apostar no cão vencedor, claro). Mas ele nunca vai te encontrar. Não que a gente fosse fugir dele ou coisa assim. Você tem que tentar agradar esses pobres coitados bêbados, do tipo por-favor-não-me-deixe-ficar-igual-a-ele. Uma parte do nosso lucro não vai fazer mal nenhum a eles. O problema é ganhar alguma coisa. Isso ainda não aconteceu.

— Vamos. — Rube se põe de pé e, enquanto andamos, ainda consigo ver as pernas da garota ao longe.

Jesus, penso.

— Jesus — diz Rube.

Nos balcões de apostas, nos deparamos com um pequeno problema.

Os policiais.

Que diabos eles *estão fazendo aqui?*, pergunto a mim mesmo.

— Que diabos *eles* estão fazendo aqui? — pergunta Rube.

Acontece que eu nem odeio os policiais. Para falar a verdade, até sinto um pouco de pena deles. Dos quepes. Usando toda aquela parafernália ridícula dos caubóis na cintura. Tendo que parecer sinistros e, ao mesmo tempo, simpáticos e acessíveis. Sempre tendo que deixar

Markus Zusak

o bigode crescer (tanto os homens quanto, em alguns casos, as mulheres) para fingir que têm autoridade. Fazendo um monte de flexões, abdominais e barras, na academia de polícia, antes de conseguirem a licença para voltar a comer rosquinhas. Dizendo às pessoas que alguém da família acaba de bater as botas num acidente de carro... A lista continua, então é melhor parar por aqui.

— Dá uma olhada no porco com o enroladinho de salsicha. — Rube aponta. Ele não quer nem saber se os policiais estão rondando por ali feito moscas. De jeito nenhum. Na verdade, é o contrário. O Rube anda até o policial bigodudo que está comendo o enroladinho de salsicha com molho. São dois. Tem o guarda do enroladinho de salsicha e uma mulher. Morena, com o cabelo preso debaixo do quepe. (Só a franja dela cai sedutora sobre os olhos.)

Vamos até eles, e começa a conversa.

Ruben L. Wolfe: — Como vai, seu guarda?

Policial com a comida: — Tudo indo, cara, e você?

Rube: — Tá gostando do enroladinho de salsicha, hein?

Policial devorando a comida: — Pode apostar que sim, cara. Tá gostando de me ver comendo?

Rube: — Com certeza. Quanto é?

Policial, engolindo: — Um e oitenta.

Rube, sorrindo: — Eles te roubaram.

Policial, dando uma mordida: — Eu sei.

Rube, começando a se divertir: — Acho que você devia fechar a cantina por causa disso.

Policial, com molho na beirada do lábio: — Em vez disso, talvez eu devesse prender você.

Rube, apontando para o molho no lábio: — Por quê?

Policial, percebendo que tem molho no lábio e limpando: — Por querer bancar o espertinho.

Rube, coçando o saco sem disfarçar e olhando para a policial: — Onde foi que você encontrou *essa aí*?

Policial, começando a se divertir também: — Na cantina.

Rube, dando outra olhada nela, sem parar de se coçar: — Quanto foi?

Policial, matando o enroladinho de salsicha: — Um e sessenta.

Rube, parando de se coçar: — Eles te roubaram.

Policial lembrando-se da sua função: — Ei, melhor se cuidar.

Rube, ajeitando a camisa de flanela surrada e a calça: — Eles cobraram o molho? Quer dizer, no enroladinho.

Policial, girando sobre os calcanhares: — Nada.

Rube, se aproximando: — É mesmo?

Policial, sem conseguir esconder a verdade: — Vinte centavos.

Rube, atordoado: — *Vinte centavos!* Só pelo molho?

Policial, obviamente, desapontado consigo mesmo: — Pois é.

Rube, com uma expressão séria e honesta, ou, pelo menos, uma coisa ou outra: — Pra começo de conversa, o senhor não devia ter pedido molho. Não sabe se controlar, não?

Policial: — Tá querendo criar caso?

Rube: — Claro que não.

Policial: — Tem certeza?

Nesse momento, a policial morena e eu trocamos olhares constrangidos, e imagino como ela fica sem o uniforme. Para mim, está só de calcinha e sutiã.

Rube, respondendo à pergunta do policial: — Sim, senhor, tenho certeza. Não estou tentando criar caso. Meu irmão e eu só estamos aproveitando esse dia maravilhosamente cinzento aqui na cidade, admirando esses animais velozes darem a volta na pista. — Ele é um saco de surpresas. Cheio de lixo. — Isso é crime?

Policial, ficando irritado: — Afinal, por que você está falando com a gente?

A policial e eu trocamos olhares. De novo. A calcinha e o sutiã dela são bonitos. É o que eu estou imaginando.

Rube: — Bem, a gente só estava...

Policial, de saco cheio: — Só o quê? O que vocês querem?

A policial é demais. De verdade está numa banheira. Com bolhas. Ela se levanta. Sorri. Para mim. Eu estremeço.

Rube, rindo alto: — Bem, a gente queria saber se o senhor poderia fazer uma aposta...

A policial, na banheira: — Você está brincando, não é?

Eu, tirando a cabeça de debaixo d'água: — Você tá brincando, não é, Rube?

Rube, dando um tapa na minha boca: — Meu nome não é Rube.

Eu, de volta à realidade: — Oh, desculpe, James, seu cuzão.

Policial, segurando o saco amassado do enroladinho de salsicha com molho espalhado por dentro: — O que *é* um cuzão?

Rube, aflito: — Ai, Deus Todo-poderoso, isso não está acontecendo! Como um homem pode ser tão ridiculamente estúpido assim?

Policial, curioso: — O que *é* um cuzão?

A policial, que tem um e setenta e cinco e, pelo que se vê, malha na academia da polícia umas quatro noites por semana: — Todas as manhãs você olha pra um no espelho.

Markus Zusak

Ela é alta, magra e linda. Pisca para mim.
Eu: mudo.
Rube: – É isso aí, gatinha.
A policial incrivelmente gostosa: – Quem você tá chamando de gatinha, garotão?
Rube, sem dar atenção para ela e se virando para o policial ignorante, que-nem-sabe-o-que-é-um-cuzão: – Então, vai ou não vai fazer a aposta por nós?
Policial cuzão: – O quê?
Eu, falando para todos eles, mas em voz baixa: – Isso é muito ridículo.
As pessoas dão a volta e passam pela gente para fazer as apostas.
A policial, para mim: – Você quer me lamber?
Eu: – Claro.
É a minha imaginação obviamente.
Policial cuzão: – Está bem.
Rube, chocado: – *O quê?*
Policial cuzão: – Vou fazer a aposta pra vocês.
Rube, confuso: – Sério?
Policial cuzão, tentando impressionar: – É. Faço isso o tempo todo, não é, Cassy?
A policial maravilhosa, sem dúvida nem um *pouco* impressionada: – Claro...
Eu: – Isso é ético?

Rube, sem acreditar, falando para mim: — Você tem algum problema mental? (Ultimamente ele se cansou da palavra *retardado*. Acha que o novo jeito é mais sofisticado. Uma coisa assim.)

Eu: — Não. Eu, não. Mas...

Os três, para mim: — Cala a boca.

Filhos da mãe.

Policial cuzão: — Qual é o número do cachorro?

Rube, satisfeito: — Três.

Policial cuzão: — E o nome?

Rube: — Seu Filho da Mãe.

Policial cuzão: — Como é que é?

Rube: — Juro. Toma, olha o nosso programa.

Todos olhamos.

Eu: — Como é que eles inventam um nome assim?

Rube: — É que hoje só tem amador. Qualquer coisa com quatro patas pode correr. Me admira que não tenha uns poodles por aí. — Ele olha para mim com expressão séria. — Mas o nosso amigo aí corre. Grava o que eu estou dizendo.

Policial cuzão: — É aquele que parece mais um rato?

A policial linda: — Mas corre feito uma lebre, é o que dizem.

Em todo caso, enquanto o policial cuzão pega o nosso dinheiro, se afasta, joga o saco do enroladinho de salsicha na lixeira e faz a aposta, acontece o seguinte: Rube não para de sorrir sozinho, a policial põe as mãos nos quadris deliciosos, e eu, Cameron Wolfe, fico sonhando que estou transando com ela. Com tanto lugar no mundo, justo na cama da minha irmã.

É desagradável, não é?

Mesmo assim.

Fazer o quê?

Quando o guarda volta, diz:

— Apostei dez nele também.

— Você não vai se decepcionar. — Rube assente, recebendo o bilhete. Então, diz:

— Ei, acho que vou dedurar o senhor por isso. Apostando por menores de idade. É uma des-graça.

(Desde que conheço meu irmão, ele nunca falou *desgraça*. Tem que dizer em duas partes. *Des* e *graça*. "Des-graça.")

— E daí? — pergunta o policial. — Além disso... pra quem você vai contar?

— Pra polícia — responde Rube, e todos rimos um pouco, indo até a arquibanda sem cobertura.

Sentamos e aguardamos o início da corrida.

— É melhor mesmo esse Seu Filho da Mãe ser bom — diz o policial, mas ninguém presta atenção. Dá para ouvir uma mosca voando, enquanto os treinadores, apostadores, ladrões, corretores de apostas, caras gordos, garotas gordas, gente fumando que nem chaminé, bêbados, policiais corruptos e garotos que frequentam o lugar, aguardam, com os pensamentos dispersos se espalhando pela pista.

— Ele parece *mesmo* um rato — digo, quando o galgo que escolhemos trota feito um furão magricelo à nossa frente. — E como é que um cachorro pode correr igual a uma lebre?

— Não sei — responde o policial.

Rube:

— A gente não sabe como, mas sabemos que ela é rápida.

— É.

O policial e o Rube estão inseparáveis agora. Melhores amigos. Um tinha uniforme e cabelo preto, cortado baixo. O outro veste roupas velhas, fede a suor e perfume barato, e tem cabelo castanho-claro e cacheado que bate nos ombros. Tem olhos em brasa, um nariz úmido, que funga, e garras roídas no lugar das unhas. Não preciso nem dizer que o segundo é meu irmão. Um Wolfe, um cão, de cabo a rabo.

E tem a policial.

E, depois, venho eu.

Babando.

"E eles partem!"

Tem um cuzão, com perdão da palavra, no alto-falante, e ele está falando os nomes dos cães tão rápido que mal entendo. Tem Chiclete na Bota, Asterisco, Sem Grana, Cruel e Cão Genérico, e todos estão à frente do Seu Filho da Mãe, que corre atrás do rabo feito um rato com uma ratoeira presa na bunda.

A multidão se ergue.
Grita.
A policial é incrível.
Alguém grita.
— Vai Asterístico! Vai Asterístico!
Alguém corrige.
— É *Asterisco!*
— O quê?
— *Asterisco!*
— Ah... Vai *Asterístico!*
— Ah, deixa pra lá!
As pessoas aplaudem e gritam.
Maravilhosa, falando sério. Ela é maravilhosa. Morena.

Então, finalmente, o rato se livra da ratoeira e ganha terreno.

Rube e o policial ficam satisfeitos.
Gritam, quase cantam de alegria.
— Vai, Seu Filho da Mãe! Vai, Seu Filho da Mãe!

BOM DE BRIGA

Todos os cães perseguem o coelho ridículo ao redor da pista, e a multidão parece um presidiário que acabou de fugir.
Correndo.
Torcendo.
Sabendo que o mundo está alcançando.
Lutando.
Lutando pela vida preciosa até esse momento de libertação que é tão triste que só pode se esconder. É a ilusão de algo real dentro de algo tão obviamente vazio.
Gritando.
— Vai, Cruel!
— Vai, Sem Grana!
Rube e o policial:
— Vai, Seu Filho da Mãe! Vai, Seu Filho da Mãe!
Todos nós vimos quando o rato começou a correr pela parte de fora da pista, alcançando o primeiro lugar, mas perdendo o equilíbrio e caindo para quarto.
— Ai, seu filho da mãe! — Rube se encolhe e agora não está gritando o nome do cachorro, enquanto o bicho corre feito louco para voltar.
E consegue.
Corre bem, o nosso filho da mãe.

Markus Zusak

Alcança a segunda posição, o que faz Rube olhar para o nosso bilhete e fazer uma pergunta ao policial. Diz:

— Você apostou no placê ou no vencedor?

Pela expressão no rosto dele, dá para ver que o policial apostou no vencedor. Tudo ou nada.

— Bem, o senhor é meio inútil então, não é, cara? — Rube ri e dá um tapinha nas costas do policial.

— Pois é — responde o policial. Ele nem é mais um cuzão. É só um cara que se esqueceu do mundo por alguns momentos, enquanto os cães disparavam na pista. O nome dele é Gary. É um nome meio gay, mas e daí?

Nós nos despedimos, e eu sonho uma última vez com Cassy, a policial, comparando-a com outras mulheres imaginárias na alma devassa que é a minha juventude.

Penso nela durante todo o trajeto até a nossa casa, onde a tradicional noite de sábado nos aguarda:

Nossa irmã, saindo. Nosso irmão, ficando em casa e ficando em silêncio. Papai lendo o jornal. A sra. Wolfe, nossa mãe, indo para a cama cedo. Rube e eu conversando rapidamente no quarto, antes de ir dormir.

— Gostei dela — falo na varanda da frente.

— Eu sei. — Rube sorri e abre a porta.

— Ei, Rube, tá acordado?

— Que droga, o que você acha? Cheguei aqui só tem dois minutos.

— Tem mais tempo que isso.

— Não tem, não.

— Tem, sim, veadinho miserável. E me diz uma coisa: o que é que você quer, hein? Dá pra dizer? O que é que você quer?

— Quero que você apague a luz.

— De jeito nenhum.

— Mas é justo. Eu estava aqui primeiro, e você está mais perto do interruptor.

— E daí? Eu sou mais velho. Você devia respeitar os mais velhos e apagar a luz.

— Mas que monte de...

— Fica acesa, então.

A luz fica acesa por dez minutos e, depois, adivinha. Eu que apago.

— Babaca — digo a ele.

— Obrigado.

2

Ouço um barulho por volta das três da manhã. É a Sarah vomitando no banheiro. Levanto para dar uma olhada, e lá está ela, com os braços em volta da privada, abraçando-a, ninando-a. Afundando nela.

O cabelo dela é grosso, como o de todos nós na família Wolfe, e, quando eu a vejo com olhos que coçam e ardem, percebo um pouco de vômito em um dos tufos duros do cabelo cheio. Pego um pouco de papel higiênico e tiro dali; depois umedeço uma toalha para limpar tudo de uma vez. Vômito fede. Odeio cheiro de vômito.

— Papai?
— Papai?

Ela joga a cabeça para trás, se afastando da beira da privada.

— É você, papai? — E começa a chorar. Tenta se recuperar, me puxa até que eu fique de joelhos e se concentra em mim. Com as mãos nos meus ombros, chora quase em silêncio. Geme:

— Me perdoa, papai. Me perdoa porque eu...
— Sou eu – respondo. – Cameron.
— Não mente pra mim – retruca ela. – Não mente, papai. – E a saliva desce para a pele acima da blusa vermelha, bem no coração dela. O jeans está justo nos quadris, como se cortasse. Fico surpreso que não escorra sangue. A mesma coisa com os saltos altos. Os sapatos deixam marcas de mordida nos tornozelos. Minha irmã.
— Não mente – diz mais uma vez, por isso, eu paro.

Paro de mentir e digo:
— Tá bem, Sarah, sou eu, o papai. Vamos para a cama. – Para minha surpresa, Sarah consegue ficar de pé e ir cambaleando até o quarto dela. Tiro os seus sapatos, pouco antes de lhe cortarem os pés.

Ela resmunga.

As palavras escorrem de sua boca, enquanto me sento no chão, apoiado na cama.

— Estou doente – diz ela –, não aguento mais ficar arrasada. – Continua falando até cair lentamente.

Adormece.

Um pouco de sono, penso. *Vai fazer bem a ela.*

Suas últimas palavras foram "Obrigada, papai... quer dizer, obrigada Cam". Então, sua mão desliza para o meu ombro. Fica ali. Dou um meio sorriso, tão sutil quanto uma pessoa pode sorrir quando fica sentada, com frio e cãibra, toda encolhida no quarto da irmã que acaba de voltar para casa com veias, ossos e hálito cheios de álcool.

Sentado ao lado da cama de Sarah, penso no que está acontecendo com ela. Me pergunto por que está fazendo isso a si mesma. *Será que se sente solitária?* Pergunto. *Infeliz? Com medo?* Seria bom se eu pudesse dizer que entendia, mas não seria verdade. Não, não seria, porque eu simplesmente não sei. Seria como perguntar por que Rube e eu vamos até a pista de corrida de cães. Não é porque somos desajustados ou não nos adaptamos ou coisa assim. Simplesmente é assim. Vamos até a pista. Sarah está enchendo a cara. Ela já teve um namorado, mas ele se mandou.

Pare, digo a mim mesmo. *Pare de pensar nisso*. Mas, por alguma razão, não consigo. Mesmo quando tento pensar em outras coisas, simplesmente começo a pensar nos outros membros da minha família.

No papai, o encanador, que sofreu um acidente no trabalho alguns meses atrás e perdeu todos os serviços. Claro, o seguro por causa dos machucados foi pago, mas agora ele não consegue arrumar mais nada.

Na sra. Wolfe, que trabalha duro, limpando as casas das pessoas e acaba de arrumar um novo emprego no hospital.

No Steve, trabalhando e esperando e morrendo de vontade de sair de casa.

E no Rube e em mim, os garotos.

— Cam?

A voz de Sarah nada até mim num rio de uísque, Coca-Cola e alguma outra bebida que inunda o quarto.

— Cam.

— Cam'ron.

Depois, dorme.

Depois, o Rube.

Chega e resmunga um "Hum".

— Dá pra dar a descarga? — pergunto a ele.

Ele dá. Ouço, subindo e descendo feito os gêiseres mais ao sul.

Às seis, me levanto e volto para o nosso quarto.

Eu poderia dar um beijo na bochecha da Sarah quando saio, mas não dou. Em vez disso, passo a mão no meu cabelo, desistindo, enfim, de ajeitá-lo. Está decidido a ficar arrepiado. Em todas as direções.

Quando acordo de verdade, lá pelas sete, dou uma olhada em Sarah pela última vez, só para ter certeza de que não bancou a superestrela e acabou se engasgando com o próprio vômito. Ela não se engasgou, mas o quarto está um horror. O cheiro é de:

Suco.

Fumaça.
Ressaca.
E Sarah está deitada lá, encharcada disso.
A luz do dia entra pela janela.
Saio.
Dali.
Domingo.

Tomo o café da manhã vestindo calça de moletom e camiseta. Estou descalço. Assisto ao fim de "Rage" no volume mínimo. Depois tem um programa de negócios com um cara que usa terno e gravata, e tem um lenço de mentira no bolso.

— Cam.

É o Steve.

— Steve. — Faço um gesto com a cabeça, e isso é tudo que vamos dizer um para o outro durante todo o dia. Dizer o nome um do outro é o nosso modo de dizer olá. Ele sempre sai de casa cedo, mesmo aos domingos. Está aqui sem estar. Sai para ver os amigos ou vai pescar, ou apenas desaparece. Sai da cidade quando quer. Vai para o sul, onde a água é limpa e as pessoas te cumprimentam na rua. Não que o Steve ligue para isso. Ele trabalha, ele espera. Isso é tudo. Esse é o Steve. Ele se oferece para dar à mamãe e ao papai mais dinheiro do que o acordado para conceder uma folga a eles, para cobriras despesas da casa, mas eles não aceitam.

Orgulhosos demais.

Teimosos demais.

Papai diz que vamos dar um jeito e que tem trabalho bem ali na esquina. Mas a esquina nunca chega. Ela se estica e continua, e mamãe se mata de tanto trabalhar.

— Obrigada.

O dia passa, e é isso que a Sarah me diz à noite, quando finalmente volto a vê-la. Entra na sala pouco antes do jantar.

— Estou falando sério — diz baixinho, e tem algo no olhar que me faz pensar em *O velho e o mar* e em como a vela remendada do velho parece a bandeira da derrota eterna. É como estão os olhos da Sarah. A cor da derrota esmaga as pupilas dela, mesmo que o gesto de cabeça, o sorriso e o movimento desajeitado com que se senta no sofá mostrem que ela ainda não se deu por vencida. Apenas vai continuar, como todos nós.

Sorria com teimosia.

Sorria com instinto, depois lamba as próprias feridas no mais escuro dos cantos escuros. Volte a abrir as cicatrizes nos dedos e se recorde delas.

Na hora do jantar, Rube chega atrasado, pouco antes do Steve.

É assim que a família Wolfe se comporta à mesa:

Nossa mãe, comendo com educação.

Papai, enchendo a boca com salsicha queimada, mas sentindo o gosto do desemprego. O rosto cicatrizou, desde que o cano quebrado partiu o queixo e abriu seu rosto. É, o ferimento cicatrizou muito bem, pelo menos do lado de fora.

Sarah, se concentrando em não vomitar a comida.

Eu, observando todos os outros.

Rube, engolindo sem parar e rindo de alguma coisa, mesmo que a gente tenha um negócio sujo extra para fazer daqui a pouco.

É o papai quem toca no assunto.

— E então? — diz, quando terminamos de comer. Olha para o Rube e para mim.

E então, o quê?

— E então, o quê? — pergunta Rube, mas nós dois sabemos o que temos que fazer.

É só que temos um acordo com um dos vizinhos para levar o cachorro dele para passear duas vezes por semana: domingos e quartas. A maior parte dos vizinhos pensa que o Rube e eu somos meio vagabundos. Então, para cairmos nas boas graças de Keith, o vizinho da esquerda (que nós chateamos mais), ficou decidido que íamos passear com o cachorro no seu lugar, porque ele não tem muito tempo para fazer isso. Foi ideia da mamãe, claro, e nós concordamos.

BOM DE BRIGA

Rube e eu podemos ser muitas coisas, mas não acho que a gente seja difícil ou preguiçoso.

Aí, conforme o ritual, nós pegamos os casacos e saímos.

O problema é que o cachorro é uma coisinha peluda chamada Miffy. Merda de Miffy, pelo amor de Deus. Que nome. É um lulu-da-pomerânia e mata a gente de vergonha na hora de passear. Por isso, esperamos escurecer. Então, vamos até a porta do vizinho, e o Rube alcança a nota mais alta quando grita:

– Oh, Miffy! Miffy! – Sorri. – Vem pro tio Rube. – E a máquina peluda de passar vergonha vem toda empinada até a gente, feito uma merda de bailarina. Sério: quando andamos com o cachorro e vemos algum conhecido, puxamos o capuz sobre a cabeça e olhamos para o outro lado. Quer dizer, tem um monte de coisas com as quais caras como nós podem lidar, mas passear com um lulu-da-pomerânia que atende pelo nome de Miffy não é uma delas. Para pra pensar. Tem a rua. Lixo. Trânsito. Pessoas gritando umas para as outras mais alto que os aparelhos de TV. Metaleiros e caras de gangue se arrastando por aí... e, então, lá vão dois garotos idiotas levando uma bola de pelos para passear na rua.

Isso é demais.

É isso que é.

Desgraça.

— Uma des-graça — diz Rube.

Mesmo hoje à noite, quando o Miffy está de bom humor.

Miffy.

Miffy.

Quanto mais repito esse nome para mim mesmo, mais me dá vontade de rir. Lulu-da-pomerânia dos infernos. Presta atenção, ou o Miffy vai te pegar. Bem, ele pegou mesmo a gente.

Saímos.

Passeamos com ele.

Conversamos sobre isso.

"Escravos é o que a gente é, cara", é a conclusão do Rube. Paramos. Olhamos para o cachorro. Continuamos andando.

— Olha só pra nós. Você, eu e o Miffy aqui, e... — a voz some.

— O quê?

— Nada.

— O quê?

Ele não demorou a falar, pois era isso que queria desde o início.

Voltamos e, no nosso portão, Rube olha nos meus olhos e diz:

BOM DE BRIGA

— Eu estava conversando com o meu colega Jeff hoje, e ele acha que estão falando da Sarah.

— Falando o quê?

— Falando que ela tem andado por aí. Que tem bebido e andado um bocado por aí.

Ele disse o que eu pensei que disse?

Andado por aí?

Disse.

Disse, e daqui a pouco isso vai mudar a vida do meu irmão Rube. Vai colocá-lo num ringue de boxe.

Vai fazer um monte de garotas notarem ele.

Ele vai ter muito sucesso.

Isso vai me arrastar com ele, e só vai precisar de um incidente para tudo começar. Um incidente no qual ele trucida um cara da escola, que chama a Sarah de vadia.

Mas, por enquanto, estamos parados no portão.

Rube, Miffy e eu.

— Somos lobos. — É a última coisa que fala. — Com certeza, os lobos estão no topo da cadeia alimentar. Eles têm que *comer* os lulus-da-pomerânia, não passear com eles.

Ainda assim, é o que fazemos.

Nunca aceite levar o cachorro anão do vizinho para passear. Confie em mim.

Você vai se arrepender.

— *Ei, Rube.*
— *O quê? A luz está apagada desta vez.*
— *Você acha que é verdade o que o pessoal anda falando?*
— *Acho que é verdade o quê?*
— *Você sabe... sobre a Sarah.*
— *Eu saberia. Mas, se ouvir alguém falando alguma coisa sobre ela, vou pegar o cara e acabar com ele.*
— *É mesmo?*
— *Eu não ia dizer isso se não fosse verdade.*
E, sem dúvida, ele quase acredita nisso.

3

Rube dá uma surra no cara, com os punhos sangrentos e os olhos implacáveis, mas, primeiro, isto:

Nosso pai esteve afastado do trabalho por quase cinco meses. Sei que já falei antes, mas tenho que explicar exatamente como as coisas chegaram a esse ponto. O que aconteceu foi que ele estava trabalhando numa obra no subúrbio, quando um cara abriu a pressão da água cedo demais. Um cano estourou, e meu pai levou os pedaços de cano e a água no rosto.

Cabeça quebrada.

Queixo partido.

Um monte de pontos.

Muitos fios.

Claro, ele é como todos os pais. Meu coroa.

Está bem.

É durão.

É meio sádico. Quer dizer, quando está a fim. Mas, em geral, é só um cara com sobrenome de cachorro, e sinto pena dele agora. É um homem pela metade, porque parece que, quando um homem não pode trabalhar, e a mulher e os filhos ganham todo o dinheiro, ele se torna um homem pela metade. É assim que as coisas são. As mãos perdem a cor. As batidas do coração perdem o vigor.

Uma coisa que preciso dizer outra é que meu pai não ia permitir que nem o Steve nem a Sarah pagasse uma única conta. Apenas que ajudassem com as despesas de sempre. Mesmo quando responde o costumeiro "Não, não, está tudo bem", dá para ver onde ele se partiu. Dá para ver onde a sombra abre a carne e agarra o espírito pelo pescoço. Muitas vezes, eu me lembro de trabalhar com ele aos sábados. Ele me dava uma bronca e xingava quando eu fazia besteira, mas também me elogiava, se eu fazia uma coisa direito. Era curto e grosso.

Somos pessoas trabalhadoras.

Trabalhamos.

Choramos.

Rimos disso.

Nenhum de nós, a não ser o Steve, é um vencedor.

Somos sobreviventes.

Somos lobos, que são cães selvagens, e este é o nosso lugar na cidade. Somos pequenos, e a casa é pequena numa rua pequena. Dá para ver a cidade e a linha do trem, e ela é bonita, de um jeito perigoso, todo dela. Perigosa porque é compartilhada, vivida e conquistada.

BOM DE BRIGA

É a melhor maneira de explicar as coisas, e, pensando nisso, enquanto percorro as minúsculas casas da nossa rua, imagino as histórias que elas guardam. Não é fácil imaginar, porque as casas devem ter paredes e telhados por alguma razão. Minha única dúvida é com relação às janelas. Por que elas têm janelas? É para deixar entrar um pedaço do mundo? Ou para vermos o lado de fora? Talvez nossa casa seja pequena, mas, quando o coroa é engolido pela própria sombra, dá para ver que, talvez, em todas as casas, uma coisa tão selvagem, triste e incrível apareça sem que o mundo a veja.

Talvez estas páginas cheias de palavras tratem disto: De levar o mundo até a janela.

— Está tudo bem — diz mamãe numa noite dessas. Ouço sua voz deitado na cama, e ela e meu pai estão discutindo sobre o pagamento das contas. Posso imaginá-los sentados à mesa da cozinha, porque em casa discutimos, vencemos e perdemos na cozinha.

Meu pai retruca:

— Não entendo. Eu costumava ter três meses de trabalho garantido, mas desde o... — A voz some. Fico imaginando os pés dele, as pernas metidas num jeans e a cicatriz que desce em ângulo na lateral do rosto e do pescoço. Os dedos seguram uns aos outros com delicadeza, entrelaçam-se, transformando-se num único punho contra a mesa.

Ele está ferido.

Ele está desesperado, e isso faz com que o passo seguinte seja perfeitamente compreensível, mesmo que não possa ser perdoado.

É o porta a porta.

Cem por cento porta a porta.

— Bem, tentei pôr um anúncio nos jornais. — Ele volta a erguer a voz na cozinha. Já é o sábado seguinte — Tentei de tudo, então, resolvi bater de porta em porta e trabalhar por um preço baixo. Consertar o que precisa de conserto — fala, enquanto minha mãe põe uma caneca lascada com café na frente dele. Tudo o que faz é ficar lá, parada, e o Rube, a Sarah e eu é que observamos.

No fim de semana seguinte a coisa piora, porque o Rube e eu vemos. Nós o vemos saindo pelo portão da frente de alguém, e dá para perceber que levou outro "não". É estranho. Estranho olhar para ele, quando até poucos meses atrás meu pai era um cara durão, sério e não dava a mínima para a gente. (Não que dê a mínima agora. É só que é uma sensação diferente, só isso.) Ele era violento na justiça. Cruel nos julgamentos. Mais duro que o necessário para o nosso bem. Tinha as mãos sujas e dinheiro no bolso, e suor nos sovacos.

BOM DE BRIGA

Rube me lembra de algo quando estamos parados na rua, fazendo de tudo para não sermos vistos por ele.
Diz:
— Lembra quando a gente éramos criança?
— *Era* criança.
— Cala a boca, tá bem?
— Tá bem.

Vamos até uma loja fedida e nojenta na rua Elizabeth que fechou alguns anos atrás. Rube continua falando. O céu voltou a ficar nublado, com buracos azuis espalhados por camadas de nuvens. Sentamos, apoiados contra a parede, debaixo de uma janela fechada com trinco.

Rube diz:
— Lembro quando a gente era mais novo e o papai construiu uma cerca nova porque a velha estava desmoronando. Eu tinha uns dez anos e você, nove, e o coroa ficava lá fora no pátio, desde o amanhecer até o pôr do sol. — Rube puxa os joelhos para mais perto. Apoia o queixo no jeans e os buracos de balas no céu ficam maiores. Olho através deles para o que o Rube fala.

Lembro claramente a hora — o jeito como, no fim do dia, quando o sol derretia por trás do horizonte, papai se virou para a gente com alguns pregos na mão e disse:
— Garotos, esses pregos aqui são mágicos. São pregos mágicos.

E, no dia seguinte, acordamos com o som de um martelo batendo e acreditamos. Nós *acreditamos* que os pregos eram mágicos e, talvez, eles ainda sejam agora, porque nos levam de volta até aquele som. O som das batidas. Nos levam de volta até o nosso pai como ele era: uma visão do cara alto, envergado e forte, com um sorriso durão e o cabelo cacheado. Os ombros dele eram um pouco curvados e a camiseta, suja. Rosto erguido... Havia satisfação nele — um ar de controle, de que tudo ia dar certo, se abaixando e martelando durante o despertar do céu cor de tangerina ou no gradual crepúsculo da chuva leve, quando a água descia das nuvens feito lascas minúsculas. Era o nosso pai, não um ser humano.

— Agora ele é real demais, sabe? — respondo para o Rube. Não tem muito mais a dizer quando se acaba de ver o homem batendo de porta em porta.

Real.

Confuso.

Um homem pela metade, porém.

Ainda humano.

— O filho da mãe. — Rube dá uma gargalhada, e rio com ele, porque parece a única coisa lógica a fazer. — Vão tirar o nosso couro na escola, isso sim.

— Com certeza.

BOM DE BRIGA

Você tem que entender que a gente sabe que ele está batendo de porta em porta no nosso bairro, o que significa que estamos cada vez mais perto de sermos bombardeados pelos comentários. As pessoas vão descobrir, e o Rube e eu vamos nos dar muito mal. É assim que as coisas são.

Papai, portas, vergonha e, nesse meio-tempo, a Sarah tem ficado na rua até tarde de novo.

Três noites.

Três vezes desmaiou por causa do porre.

Duas vezes vomitou.

Então, acontece.

Na escola.

— Ei, Wolfe, Wolfe!

— O que foi?

— Seu coroa bateu na nossa porta no fim de semana, atrás de trabalho. Minha mãe respondeu que ele é inútil demais pra chegar *perto* dos nossos canos.

Rube dá uma risada.

— Ei, Wolfe, posso arrumar um emprego de entregador de jornal pro seu pai, se você quiser. Ele ia ganhar uns trocados, isso sim.

Rube sorri.

— Ei, Wolfe, quando seu pai vai receber o seguro-desemprego?

Rube olha.

— Ei, Wolfe, talvez você tenha que largar a escola e arrumar um trabalho, cara. Um dinheiro extra ia cair bem na sua família.

Rube trinca os dentes.

Então.

Acontece.

O comentário que causa tudo:

— Ei, Wolfe, se a sua família precisa tanto de dinheiro, bem que a sua irmã poderia rodar bolsinha. Eu soube que ela anda mesmo por aí...

Rube.

Rube.

— Rube! — grito correndo.

Tarde demais.

Tarde demais mesmo, porque o Rube já pegou o cara.

Os dedos dele estão cheios de sangue dos dentes do cara. Seu punho acaba com ele. Primeiro, só de esquerda, mas já era, e o cara não tem a menor chance. Mal dá para ver. Mal dá para saber, mas o Rube está parado ali. Os socos saem rápido do ombro dele e param no rosto do outro cara. Quando acertam em cheio, quebram o sujeito. Arrebentam com ele. As pernas se dobram. Ele cai. Bate no concreto.

Rube fica parado, e seus olhos fitam o cara de cima a baixo.

BOM DE BRIGA

Fico parado perto dele.

Ele fala.

— Não gosto muito desse cara. — Um suspiro. — Ele não vai se levantar. Nem tão cedo. — Rube está de pé na frente do sujeito, e a última coisa que diz é: — Ninguém chama a minha irmã de prostituta, vagabunda, puta ou seja lá o que for. — O vento o descabelou, e o sol reflete em seu rosto. O corpo rijo e magricela está se transformando, no mesmo instante, em puro músculo, e ele sorri. Poucas pessoas viram o que tinha acabado de acontecer, e os comentários começaram a se espalhar.

Mais gente aparece.

— Quem? — perguntam. — Ruben Wolfe? Mas ele é só um...

Um o quê? Fico me perguntando.

— Não queria acertar com tanta força — diz Rube, e chupa os nós dos dedos. — Ou tão em cheio. — Não sei quanto a ele, mas eu me lembro das lutas que tivemos no quintal de casa, com apenas uma luva de boxe cada um. (É assim que se faz quando só se tem um par de luvas).

Dessa vez é diferente.

Dessa vez é pra valer.

— Dessa vez eu usei as duas mãos. — Rube sorri, e sei que pensamos na mesma coisa. Fico imaginando como é bater em alguém, acertar só com o punho o rosto de alguém, de verdade, com vontade. Não só uma brincadeira de irmãos no quintal, com as luvas de boxe.

À noite, em casa, perguntamos à Sarah o que está acontecendo.

Ela diz que andou fazendo umas coisas idiotas ultimamente.

Pedimos que pare.

Ela não diz nada, mas faz que sim com a cabeça, em silêncio.

Continuo querendo perguntar para o Rube como foi bater pra valer naquele cara, mas não pergunto. Sempre adio.

Além disso, caso você esteja interessado, alguma coisa começou a feder no quarto, mas não sabemos o que é.

— Que diabo *é* isso? — pergunta o Rube. Num tom de ameaça. — São os seus pés?

— Não.

— As suas meias?

— Sem chance.

— Os seus sapatos? Cuecas?

— É esta conversa — sugiro.

— Não banque o engraçadinho.

— Está bem!

— Ou quebro a sua cara.
— Tá bem.
— Seu filho...
— Está *bem*!
— Tem sempre alguma coisa fedendo aqui — interrompe papai, enfiando a cabeça no quarto. Balança a cabeça, impressionado, e sinto como se tudo estivesse bem. Ou, pelo menos, um pouco menos pior.

— Ei, Rube.
— Você acabou de me acordar, seu filho da mãe.
— Foi sem querer.
— Não foi, não.
— É. Você tá certo. Eu queria mesmo fazer isso. Você merece.
— O que foi desta vez?
— Não tá ouvindo?
— Quem?
— A mamãe e o papai. Estão conversando na cozinha de novo. Sobre as contas e todo o resto.
— É. Não conseguem pagar as contas.
— É...
— Merda! Que cheiro é esse? É uma des-graça, isso, sim. Tem certeza que não são as suas meias?
— Tenho, sim.
Paro e fungo.
Penso em uma pergunta e digo. Enfim.
— Foi bom ter acabado com aquele cara?
Rube: — Um pouco, mas não muito.
— Por que não?
— Porque... — Pensa por um instante. — Sabia que ia conseguir bater e não estava nem um pouco preocupado com ele.

BOM DE BRIGA

Fiquei pensando na Sarah. — Sinto que ele está olhando para o teto. — Sabe, Cameron, as únicas coisas que me importam nessa vida são eu, você, a mamãe, o papai, o Steve e a Sarah. E, talvez, o Miffy. O resto do mundo não significa nada pra mim. O resto do mundo pode apodrecer.

— Será que sou assim também?

— Você? De jeito nenhum. — *Tem um breve intervalo entre as palavras.* — E esse é o seu problema. Você se preocupa com tudo.

Ele tem razão.

Eu me preocupo.

4

A mamãe está preparando sopa de ervilhas agora. Para nós, dura uma semana, o que é bom. Dá para pensar em refeições piores.

— Esta sopa é de primeira — diz o Rube para ela, depois de engolir a sopa na quarta à noite. Noite do Miffy.

— Bem, há mais de onde essa veio — responde mamãe.

— É. — Rube dá uma risada, mas todo mundo fica em silêncio.

Steve e papai acabaram de brigar por causa do seguro-desemprego. O silêncio é escorregadio. É perigoso, quando volto a pensar no que disseram:

— Não vou pedir.

— Por que não?

— Porque isso está abaixo da minha dignidade.

— Pro inferno com ela. O senhor está até batendo de porta em porta feito um escoteiro ridículo, se oferecendo pra passar o aspirador e espanar por cinquenta

centavos. – Steve olha de cara feia. – E seria bom pagar as contas no dia certo. – Ao ouvir isso, papai soca a mesa.
– Não.
E foi o que aconteceu.
Saiba que ninguém dobra o meu pai com facilidade. Ele vai morrer lutando, se for preciso.
Steve usa uma tática diferente.
– Mãe?
– Não. – É a resposta dela, e agora, com certeza, é definitiva.
Sem o seguro-desemprego.
Sem acordo.
Sinto vontade de dizer alguma coisa, quando levamos Miffy para passear mais tarde, mas Rube e eu estamos concentrados demais em não sermos vistos por ninguém. Mesmo depois, não conversamos no quarto. Nós dois dormimos muito e acordamos sem fazer ideia de que hoje é o dia do Rube, o dia em que tudo vai mudar. De uma hora para outra.
É depois da escola.
Espera por nós.
Do lado de fora do portão da frente.
– Podemos conversar aí dentro? – pergunta um sujeito grosseirão. Ele se inclina sobre o portão, sem

perceber que pode cair a qualquer minuto (embora não pareça o tipo de cara que liga pra isso). Está com a barba por fazer e veste uma jaqueta jeans. Tem uma tatuagem na mão. Faz a pergunta de novo, dizendo só "E então?".

Rube e eu olhamos.

Para ele.

Um para o outro.

— Bem, pra começo de conversa — diz Rube, enquanto o vento sopra na rua —, quem diabos é você?

— Ah, me desculpe — diz o sujeito com um sotaque forte da cidade. — Sou um cara que pode mudar a sua vida ou acabar com ela, se você bancar o engraçadinho.

Decidimos ouvir.

Nem precisa dizer.

Ele continua:

— Disseram por aí que você sabe lutar. — Gesticula para o Rube. — Tenho à minha disposição fontes que nunca mentem, e elas dizem que você deu uma surra num cara.

— E daí?

Direto ao ponto agora.

— Daí que eu quero que você lute pra mim. Cinquenta pratas se vencer. Uma boa gorjeta se perder.

— Acho que é melhor você entrar.

BOM DE BRIGA

O Rube sabe das coisas.

Isso pode ser interessante.

Não tem mais ninguém em casa, então, sentamos à mesa da cozinha e passo um café para o cara, embora ele diga que quer uma cerveja. Mesmo que a gente tivesse cerveja, eu não daria para ele. É arrogante. É um sujeito desagradável e, para piorar, simpático, o que sempre torna mais difícil lidar com um cara assim. Sabe, fica fácil se livrar de alguém que a gente simplesmente detesta. O problema é quando você gosta da pessoa, aí fica difícil de controlar. Com um pouco de simpatia, tudo pode acontecer. É uma combinação mortal.

— Perry Cole.

É o nome dele. Soa familiar, mas não dou importância.

— Ruben Wolfe — diz o Rube. E aponta para mim. — Cameron Wolfe. — Rube e eu apertamos a mão do Perry Cole. A tatuagem é de um falcão. Que original...

Uma coisa sobre o cara é que ele não perde tempo. Conversa com você sem medo de chegar perto, mesmo que o bafo de café seja de matar. Explica tudo sem rodeios. Fala sobre a violência constante, as lutas organizadas, as batidas da polícia e tudo mais que o negócio dele envolve.

Markus Zusak

— Sabe — explica com a voz violenta e clara —, eu faço parte de um negócio de organização de lutas de boxe clandestinas. Durante todo o inverno, temos lutas todos os domingos à tarde, em quatro locais diferentes da cidade. Tem um depósito lá no fim de Glebe, que é a minha arena. Tem o abatedouro em Maroubra. Tem um depósito em Ashfield e tem um ringue bem decente mais ao sul, na fazenda de um cara em Helensburgh. — Quando ele fala, a saliva sai da língua e se acumula no canto da boca. — Como eu disse, você ganha cinquenta dólares, se vencer uma luta. Se perder, leva uma gorjeta. Não dá pra acreditar como as pessoas dão dinheiro. Quer dizer, você pensaria que elas têm coisa melhor pra fazer na tarde e na noite de domingo, mas não têm. Estão cansadas do futebol americano e de todo o lixo por aí. Pagam cinco pratas pra entrar e ver seis lutas até a noite. Cinco rounds cada, e tivemos umas boas brigas. A temporada já começou faz umas semanas, mas acho que temos uma vaga pra você... Se quiser procurar um dos outros com uma equipe, a proposta vai ser a mesma. Se lutar bem, vai ganhar dinheiro suficiente pra sobreviver, dependendo de como você luta. É assim que funciona. Quer tentar?

Rube não se barbeou hoje, por isso, esfrega a barba espetada, pensando.

BOM DE BRIGA

— Bem, e como diabos eu vou até todas essas lutas? Como é que eu volto pra casa de Helensburgh num domingo à noite?

— Eu tenho uma van. — Fácil. — Eu tenho uma van e enfio todos os meus lutadores nela. Se te machucarem, não levo pro médico. Não é minha obrigação. Se te matarem, a família é que enterra, não eu.

— Ah, deixa de ser cuzão — diz Rube, e todos rimos, sobretudo o Perry. Ele gosta do Rube. Dá para ver. As pessoas gostam de alguém que diz o que pensa. — Se te matarem... — imita o meu irmão.

— Um cara chegou perto disso, uma vez — confirma Perry. — Mas era uma noite mais quente que o normal. Foi fadiga por causa do calor, e só um derrame leve. Um peso-pesado.

— Ah.

— E então. — Perry dá um sorriso. — Está a fim?

— Quem me dera. Tenho que discutir isso com a chefia.

— Quem é a chefia? — Perry sorri e aponta para mim, fazendo um gesto com a cabeça. — Não me diga que é esse frutinha aqui, é?

— Ele não é frutinha. — Rube aponta um dedo para mim. — É um boiola. — Depois fica sério. — Na verdade, ele é meio magrinho, mas também aguenta, falando sério. — Estou chocado. Ruben L. Wolfe, meu irmão, está me defendendo.

— É mesmo?

— É... Você pode dar uma olhada na gente, se quiser. Nós vamos disputar uma partida de Um Soco no quintal. — Olha para mim. — Vamos só pular a cerca e pegar o Miffy pra ele não começar a latir. Ele gosta de ver quando está no nosso quintal, não é?

— Adora. — Só me resta concordar. O que deixa o velho Miffy aborrecido é ficar do outro lado da cerca. Ele tem que ficar mais perto da ação, onde pode ver o que está acontecendo. Aí tudo fica uma beleza. Ou ele assiste satisfeito ou fica entediado e vai dormir.

— Quem diabos é Miffy? — pergunta Perry, confuso.

— Você vai ver.

Rube, Perry e eu nos levantamos e caminhamos até o quintal. Colocamos as luvas, Rube pula a cerca e me entrega o Miffy por cima dela, e o Um Soco vai começar. Pela expressão no rosto do Perry, dá para ver que ele vai gostar.

Cada um usa a luva de boxe solitária, mas o Miffy, o lulu-da-pomerânia, está pedindo atenção e carinho. Nós dois nos abaixamos e fazemos carinho no cachorro anão. Perry observa. Parece o tipo de cara que daria um belo chute no traseiro de um cachorro como esse. No fim das contas, não é bem assim.

— O cachorro é uma vergonha — explica Rube —, mas temos que tomar conta dele.

— Vem aqui, amiguinho. — Perry estica os dedos para o cachorro cheirar, e Miffy gosta dele no mesmo instante. Senta perto do cara, enquanto eu e Rube começamos a lutar Um Soco.

Perry adora.

Dá gargalhadas.

Sorri.

Observa curioso quando caio pela primeira vez.

Animado, faz uns afagos em Miffy quando caio pela segunda vez.

Aplaude quando acerto um bom golpe no queixo do Rube. Só um direto bem forte.

Depois de quinze minutos, paramos.

Rube diz:

— Eu falei, não falei?

Perry faz que sim com a cabeça.

— Mostrem mais um pouco pra gente — pede calmamente —, mas troquem as luvas. — Parece estar pensando bastante. Então, observa quando eu e o Rube voltamos a lutar.

Markus Zusak

É mais difícil com a outra luva. Erramos mais, porém, aos poucos, vamos pegando o ritmo. Damos a volta no quintal. Rube estica a mão. Eu me abaixo. Me esquivo. Vou me aproximando. Acerto um soco. Bato no queixo. Um golpe nas costelas dele. Ele revida. Respira com dificuldade ao acertar a minha bochecha, então, me bate no pescoço.

— Desculpa.
— Tudo bem.

Voltamos à luta.

Ele acerta um soco na minha costela, e fico sem ar. Um uivo escapa misturado à respiração.

Rube fica parado.

Eu também, só que todo torto.

— Acaba com ele — diz o Perry.

Rube obedece.

Quando acordo, a primeira coisa que vejo é a cara feia de cachorro do Miffy encostada na minha. Depois, vejo Perry, sorrindo. Depois, vejo o Rube, preocupado.

— Estou bem — digo para ele.
— Bom.

Quando eles me ajudam a ficar de pé, voltamos para a cozinha, e o Rube e o Perry se sentam à mesa. Eu desabo na cadeira. Sinto como se estivesse me aquecendo para morrer. Uma faixa verde encobre a minha visão. A estática chega aos meus ouvidos.

Perry aponta para a geladeira.

— Tem certeza de que vocês não têm cerveja?

— Você é alcoólatra ou coisa assim?

— É que eu gosto de uma cerveja de vez em quando.

— Bem — Rube não faz rodeios —, não temos nenhuma. — Ele ficou meio preocupado por me fazer desmaiar com um soco. Dá para perceber. Lembro quando disse: *As únicas coisas que me importam nessa vida...*

Perry decide voltar a falar de negócios.

O que ele diz nos deixa chocados.

É o seguinte:

— Quero os dois.

Rube funga surpreso e coça o nariz.

Perry fita o Rube agora e diz:

— Você... — Sorri. — Você sabe mesmo lutar. É fato. — Então, olha para mim. — E você tem coração... Sabe, uma coisa da qual eu não falei muito antes foi sobre as gorjetas. As pessoas jogam dinheiro no corner do ringue, se acham que você tem coração, e... é Cameron, não é?

— É.

— Bem, você tem isso pra dar e vender.

Mesmo sem querer, acabo sorrindo. Droga de caras como o Perry. Mesmo que você odeie caras assim, eles acabam fazendo você sorrir.

— Então, o negócio é o seguinte. — Olha para o Rube. — Você vai ganhar as lutas e ser popular porque é rápido e jovem e cabeça dura, mas é bonito.

Agora eu também olho para o meu irmão. Observo, e é verdade. Ele *é* bonito, mas de um jeito estranho. É impetuoso, grosseirão, rude. Um tipo imprevisível de beleza que está mais ao redor do que nele. É mais uma sensação, ou uma aura.

Perry olha para mim agora.

— E você? Provavelmente, vai ser massacrado, mas, se não se meter em encrenca e ficar longe das cordas, vai ganhar vinte pratas de gorjeta, porque as pessoas verão que você tem coração.

— Obrigado.

— Não tem que agradecer. São os fatos. — Sem perda de tempo. — E então? Querem ou não?

— Não sei quanto ao meu irmão — admite o Rube com cautela. — Ele aguenta apanhar no quintal, mas é diferente de apanhar toda semana de um cara que quer acabar com ele.

— Ele vai lutar com um cara diferente toda semana.

— E daí?

— A maioria deles é boa, mas alguns são bem ruinzinhos. Só estão desesperados pelo dinheiro. — Ele encolhe os ombros. — Nunca se sabe. O garoto pode vencer algumas.

— Quais são os outros perigos?
— Em geral?
— Sim.
— São os seguintes. — Ele começa a lista. — Uns grosseirões assistem às lutas, e, se você fizer corpo mole, podem te matar. Algumas garotas bonitas vão com esses caras, e, se você tocar nelas, esses caras podem te matar. Ano passado, uns policiais quase invadiram uma antiga fábrica que a gente usava, em Petersham. Se te pegarem, vão te matar. Então, se isso acontecer, corra. — Ele está bem satisfeito consigo mesmo, em especial, em relação à última coisa: — Mas o maior perigo é *me* abandonarem. Se fizerem isso, *eu* é que vou matar vocês, e sou pior que todos os outros caras juntos.

— Está certo.
— Quer pensar sobre isso?
— Quero.
Para mim:
— E você?
— Eu também.
— Certo. — Ele fica de pé e nos dá o número do telefone. Está escrito em um pedaço de papelão rasgado.

— Vocês têm quatro dias. Me liguem na segunda às sete da noite em ponto. Estarei em casa.

Rube tem mais duas perguntas.

A primeira:

— E se a gente entrar e depois quiser sair?

— Até agosto, vocês têm que me dar o aviso prévio de duas semanas ou encontrar um substituto. É só isso. Os caras desistem o tempo todo porque aquilo ali é difícil. Eu entendo. Só duas semanas de aviso prévio ou os nomes de verdade de três caras que saibam lutar. Eles estão em toda parte. Ninguém é insubstituível. Se aguentarem até agosto, têm que terminar a temporada, em setembro, quando acontecem as semifinais. Sabe, fazemos um torneio, uma escala, a coisa toda. Temos finais e todo o resto, com mais dinheiro nelas.

A segunda pergunta:

— Em qual divisão de peso nós vamos lutar?

— Vocês dois vão ser pesos leves.

E aí eu tenho uma dúvida.

— Um dia a gente vai lutar um com o outro?

— Talvez, mas a chance é bem pequena. De vez em quando, lutadores da mesma equipe têm que lutar entre si. Acontece. Algum problema nisso?

— Na verdade, não. — É o Rube quem diz.

— Pra mim também não.

BOM DE BRIGA

— E por que perguntou?
— Só curiosidade.
— Mais alguma pergunta?
Pensamos.
— Não.
— Bom. — E vemos Perry Cole sair da nossa casa. Na varanda da frente, ele diz: — Lembrem que vocês têm quatro dias. Telefonem na segunda à noite, às sete, pra dizer sim ou não. Vou ficar triste se não ligarem. E não sou o tipo de cara que vocês querem ver triste.
— Tá bem.
Ele vai embora.
Nós o vemos entrar no carro. É um Holden antigo, que parece novinho em folha, e deve valer uma boa grana. Ele deve estar nadando em dinheiro para ter uma van *e* esse carro. É o dinheiro ganho com caras desesperados como nós.

Ao voltar para dentro de casa, ficamos com o Miffy e damos um pouco de toucinho para ele. Nada é dito. Nada. Não ainda. Miffy só fica rolando por ali, e fazemos uns afagos na barriga dele. Vou para o quarto e tento descobrir, de uma vez por todas, o que está fedendo ali dentro. Não vai ser bonito.

— Sim, estou acordado.

— Como você sabe que eu ia perguntar?

— Você sempre pergunta.

— Descobri o que é que estava fedendo.

— E?

— Lembra aquele monte de cebolas do hortifrúti, que deram pra gente?

— O quê? Aquelas que os meus colegas roubaram? No Natal passado?

— É.

— Mas foi há seis meses!

— Umas cebolas devem ter caído da bolsa. Estavam debaixo da minha cama, no canto, bem nojentas e podres.

— Ai, cara.

— Pois é. Joguei fora com o lixo orgânico, perto da cerca de trás.

— Boa ideia.

— Eu ia mostrar pra você, mas elas fediam tanto que corri logo pra fora com elas.

— Uma ideia bem melhor... Onde eu estava?

— No vizinho, devolvendo o Miffy.

— Ah, claro.

Mudança de assunto.

BOM DE BRIGA

— *Você está pensando naquilo?* — *pergunto.* — *Naquele tal de Perry?*

— *Sim.*

— *Você acha que a gente consegue?*

— *Difícil dizer.*

— *Parece...*

— *O quê?*

— *Eu ia dizer "assustador".*

— *É uma chance.*

... Sim, mas uma chance de quê? É o que me pergunto. Nosso quarto parece ainda mais escuro hoje à noite. Escuro mesmo. Penso nisso de novo. Uma chance de quê?

5

É noite de sexta, e estamos assistindo à *Roda da Fortuna*. É raro a gente ver TV porque normalmente estamos lutando, fazendo alguma bobagem no quintal ou sentados na frente de casa. Além disso, odiamos boa parte do lixo que passa na TV. A única coisa boa é que, às vezes, quando você assiste, tem uma ideia genial. Ideias geniais que tivemos antes vendo TV:

Tentar roubar um dentista.

Arrastar a mesinha da sala até perto do sofá para a gente poder jogar futebol, um contra o outro, com um par de meias enroladas.

Ir até a corrida de cães pela primeira vez.

Vender o antigo secador de cabelo quebrado da Sarah para um dos vizinhos por quinze dólares.

Vender o toca-fitas estragado do Rube para um cara no fim da rua.

Vender a TV.

Dá para perceber que nunca conseguimos pôr em prática *todas* essas boas ideias.

BOM DE BRIGA

O dentista foi um desastre (amarelamos, claro). Jogar futebol com as meias deixou a Sarah com o lábio inchado quando ela passava pela sala. (Juro que foi o cotovelo do Rube, e não o meu, que acertou a minha irmã.) A corrida de cachorro foi engraçada (mesmo que a gente tenha voltado com doze pratas a menos no bolso). O secador de cabelo foi jogado por cima da cerca com um bilhete que dizia *Devolvam as nossas quinze pratas ou vamos acabar com vocês, filhos da mãe mentirosos.* (Devolvemos o dinheiro no dia seguinte.) No fim das contas, não conseguimos encontrar o toca-fitas (e a grana do cara no fim da rua era bem curta, duvido que a gente conseguisse muita coisa por ele). Então, por fim, simplesmente não tinha jeito de a gente conseguir vender a TV, embora eu tivesse pensado em onze bons motivos para dar cabo dela. (Ficou assim:

Um. Em noventa e nove por cento dos programas, os mocinhos vencem no fim, e isso não é verdade. Quer dizer, vamos encarar os fatos. Na vida real, quem ganha são os filhos da mãe. Ficam com todas as garotas, com todo o dinheiro, com tudo que tiver. Dois. Sempre que tem uma cena de sexo, tudo sai perfeito, mas, na verdade, as pessoas nos programas deveriam ficar com tanto medo quanto eu. Três. Tem um milhão de comerciais. Quatro. O volume dos comerciais é muito mais alto que o dos programas. Cinco. O noticiário é sempre meio depressivo. Seis. Todas as pessoas são bonitas. Sete. Os melhores programas são cancelados. Por exemplo, *Northern Exposure*. Já ouviu falar? Não? Pois é. Foi cancelado há uns anos. Oito. Os caras ricos são donos de todas as emissoras. Nove. Os caras ricos também são donos de todas as mulheres bonitas. Dez. De qualquer jeito, a recepção fica meio ruim porque moramos na parte alta da cidade. Onze. Eles continuam reprisando um programa chamado *Gladiators*.)

A única pergunta é: *Qual é a ideia de hoje?* A verdade é que é meio que uma decisão para encerrar a noite passada, como me diz o Rube. Ele começa com um "Ei".

— Ei – diz.
— Fala.
— O que é que você acha?
— Do quê?
— Você sabe. Perry.
— Precisamos do dinheiro.
— Eu sei, mas a mamãe e o papai não vão deixar a gente ajudar a pagar as contas.
— É, mas a gente pode fazer a nossa parte, comprar a nossa comida, coisas assim, para que tudo dure mais tempo.
— É. Acho que sim.
Então, o Rube diz.

BOM DE BRIGA

Está decidido.
Concluído.
Terminado.
Ele diz as palavras:
— Nós vamos fazer.
— Tá bem.
O problema é que a gente sabe que não vai pagar pela nossa comida. Não. Não temos essa intenção. Estamos fazendo isso por algum outro motivo. Algum outro motivo que deseja dentro de nós.

Agora temos que esperar até segunda para ligar para o Perry Cole, mas já temos que pensar — em todas as coisas. Sobre os punhos dos outros caras. Sobre o risco. Sobre a mamãe e o papai descobrindo. Sobre a nossa sobrevivência. Um novo mundo invadiu as nossas mentes, e temos que lidar com ele. Tomamos uma decisão e não temos tempo de enfiar o rabo entre as pernas e sair correndo. Tomamos uma decisão na frente da TV, e isso significa que vamos tentar. Se der certo, ótimo. Se não der, não vai ser novidade.

O Rube está pensando nisso, dá para ver.

Pessoalmente, tento não pensar.

Tento me concentrar nas pernas incríveis da mulher na *Roda da Fortuna*. Quando ela gira as letras, dá para

Markus Zusak

ver mais, pouco antes de dar meia-volta e sorrir para mim. O sorriso é lindo, e, naquela fração de segundo, eu esqueço. Eu esqueço o Perry Cole e todos os socos futuros. Fico imaginando: *Passamos a maior parte dos nossos dias tentando lembrar ou esquecer as coisas?* Passamos a maior parte do tempo correndo atrás da vida ou fugindo dela? Não sei.

— Pra quem você está torcendo? — Rube interrompe meus pensamentos, enquanto olha a TV.

— Não sei.

— E aí?

— Tá bem, vai. — Aponto o dedo. — Fico com o cara retardado no meio.

— Esse é o apresentador, seu idiota.

— Sério? Bem, fico com a loura lá no final. Ela é gostosa.

— Fico com o cara do outro lado. Aquele que parece ter acabado de fugir da prisão de Long Bay. O terno é uma completa vergonha. Uma des-graça.

No fim, quem vence é o cara de Long Bay. Leva um aspirador de pó e já tinha uma viagem para a Grande Muralha da China, a qual, aparentemente, ganhou ontem. Nada mal. Quer dizer, a viagem. Na rodada dos campeões, ele perde uma cama ridícula com controle remoto. Para ser sincero, a única coisa que faz a gente

BOM DE BRIGA

ver o programa é a mulher que gira as letras. Gosto das pernas dela, e o Rube também.

Assistimos.

Esquecemos.

Sabemos.

Sabemos que, na segunda, vamos ligar para o Perry Cole e dizer que estamos dentro.

— Melhor começar a treinar, então — digo ao Rube.

— Eu sei.

Mamãe volta para casa. Não sabemos onde o papai está.

Mamãe joga o lixo orgânico no monte do quintal. Ao voltar, diz:

— Tem uma coisa fedendo muito lá fora, perto da cerca de trás. Algum de vocês sabe o que é?

Trocamos olhares.

— Não.

— Têm certeza?

— Bem... — Não resisto à pressão. — Eram umas cebolas que nós esquecemos no quarto. É isso.

Mamãe não parece surpresa. Não se surpreende mais. Acho que, na verdade, ela aceita a nossa burrice como uma coisa que não é capaz de mudar. Mesmo assim, pergunta: — O que elas estavam fazendo no quarto? — Mas sai andando. Acho que não quer ouvir a resposta.

Markus Zusak

Quando o papai chega, não perguntamos onde ele esteve.

Steve entra e nos dá um susto ao dizer:

— E aí, rapazes?

— Tudo bem, e você?

— Bem. — Embora ele ainda esteja olhando para o papai com desprezo, porque queria que ele ficasse com o dinheiro do seguro-desemprego ou como você quiser chamar esse negócio. Rapidamente troca de roupa e sai.

Sarah entra chupando um picolé de banana. Sorri e dá uma mordida para cada um. Não pedimos, mas ela sabe. Consegue ver nossos focinhos se coçando de vontade de dar uma mordida num picolé absurdamente gelado em pleno inverno.

No dia seguinte, Rube e eu começamos a treinar.

Acordamos cedo e corremos. Está escuro quando o despertador toca, e levamos um minuto ou dois para sair da cama, porém, quando saímos, ficamos bem. Corremos juntos, vestindo calças de moletom e camisas velhas de time de futebol, a cidade está acordada e com neblina por causa do frio, e nossos corações batem com um som metálico pelas ruas. Estamos vivos. Nossos passos são regulares, um depois do outro. O cabelo cacheado do Rube se choca com a luz do dia.

BOM DE BRIGA

A luz avança até nós em meio aos edifícios. A linha do trem é fresca e doce, e a grama do Belmore Park ainda tem um restinho de orvalho. Nossas mãos estão frias. Nossas veias estão quentes. Nossas gargantas aspiram o ar de inverno da cidade, e imagino as pessoas ainda na cama, sonhando. Está bom para mim. A cidade é boa. O mundo é bom, com dois lobos correndo por ele, procurando carne fresca de suas vidas. Indo atrás dela. Indo atrás com vontade, embora eles tenham medo. De um jeito ou de outro, correm.

— *Tá acordado, Rube?*

— *Estou.*

— *Caramba, estou meio dolorido, isso sim. Essa corrida de manhã não faz muito bem para as minhas velhas pernas.*

— *Eu sei. As minhas também estão doendo.*

— *Mas foi bom.*

— *É. Foi ótimo.*

— *Parecia não sei o quê. Como se, finalmente, a gente tivesse feito alguma coisa. Algo para nos dar... não sei. Não sei o quê.*

— *Objetivo.*

— *O quê?*

— *Objetivo* — repete Rube. — *Finalmente, temos um motivo para estar aqui. Temos motivo para estar lá fora, na rua. Não estamos lá fora à toa.*

— *É isso. Foi exatamente assim que eu me senti.*

— *Eu sei.*

— *Mas ainda estou dolorido pra caramba.*

— *Eu também.*

— *Então, a gente vai correr de novo amanhã?*

— *Com certeza.*

— *Bom.* — E, na escuridão do quarto, um sorriso atravessa meus lábios. Eu sinto.

6

— Merda.

O telefone foi cortado porque não temos o dinheiro para pagar a conta. Ou melhor, papai e mamãe não têm o dinheiro. O Steve ou a Sarah podia fazer isso, mas não tem jeito. Eles não deixam. Nem sequer pensaram nisso.

— Bom, que se dane, então — Steve invade a cozinha. — Estou me mudando. Assim que der.

— Então, eles vão sentir falta do dinheiro pras despesas — diz Sarah.

— E daí? Se eles querem sofrer, podem fazer isso sem que eu veja. — É justo.

Além de ser justo, é noite de segunda, quase sete. Isso não é bom. Isso não é *nada* bom. Nada bom mesmo.

— Ai, não — digo para o Rube. Ele está aquecendo as mãos em cima da torradeira. Nada de usar o telefone no quarto da Sarah para falar com Perry. — Ei, Rube.

— O que foi? — A torrada pula.

— O telefone.

Ele entende.

Diz:

— É sempre essa mesma merda. Essa casa é ou não é inútil? — E a torrada fica esquecida.

Vamos até o vizinho com o número do telefone do Perry no bolso do Rube. Ninguém em casa.

Vamos até o outro lado. Mesma coisa.

Então, Rube corre até em casa, cata quarenta centavos da carteira do Steve, e saímos. São dez para as sete.

— Você sabe onde tem um telefone público? — pergunta ele entre as passadas. Respiramos com dificuldade. Estamos quase correndo.

— Deixa comigo — tranquilizo. Sei tudo sobre os telefones públicos do bairro.

Farejo um, e nós o encontramos oculto pela escuridão de uma rua secundária.

São sete da noite em ponto quando telefonamos.

— Vocês estão atrasados. — São as primeiras palavras do Perry. — Não gosto de ficar esperando.

— Calminha aí — diz o Rube para ele. — Nosso telefone foi cortado e a gente correu quase três quilômetros pra chegar aqui. Além disso, meu relógio está marcando sete em ponto.

— Tá bem, tá bem. É a sua respiração que eu estou escutando?

— Eu falei, a gente acabou de correr quase...

— Tá certo. — Negócios. — Vão pegar ou largar?

Rube.

Eu.

Coração batendo.

Respiração.

Coração batendo.

Voz.

— Pegar.

— Os dois?

Um gesto com a cabeça.

— É — diz Rube, e dá para sentir que o Perry está sorrindo do outro lado da linha.

— Bom — responde ele. — Agora escuta. As primeiras lutas de vocês não vão ser nesta semana. Vão ser na outra, em Maroubra. Mas, primeiro, temos que arranjar umas coisas e promover vocês. Vou dizer do que precisam. Precisam de nomes. E de luvas. Conversaremos sobre isso. Posso passar aí de novo ou preferem me encontrar em outro lugar?

— No Centro — sugere Rube. — O coroa pode estar em casa e criar problema.

Markus Zusak

— Tá certo. No Centro. Amanhã, às quatro. Na avenida Eddy.

— Bom. No fim dela?

— Bom.

Está tudo acertado.

— Bem-vindos. — São as últimas palavras do Perry, e o telefone fica mudo. Pegamos.

Pegamos e não dá pra largar.

Pegamos e não dá pra largar, porque, se a gente desistir agora, vai acabar no fundo da baía. Perto do vazamento de óleo, em sacos de lixo. Bem, claro que isso é um exagero. Mas quem sabe? Quem sabe em que tipo de mundo obscuro acabamos de nos meter? Só o que sabemos é que podemos ganhar dinheiro e, talvez, um pouco de autoestima.

Ao voltarmos para casa, parece que a cidade está nos engolindo. A adrenalina ainda circula nas nossas veias. Faíscas saem dos nossos dedos. Ainda corremos de manhã, mas a cidade é diferente a essa hora. Está cheia de esperança e restos do sol de inverno. À noite, é como se morresse, esperando para renascer na manhã seguinte. Vejo um estorninho morto quando caminhamos. Está perto de uma garrafa de cerveja na sarjeta. Ambos perderam a alma, e podemos apenas passar por eles em silêncio, observando as pessoas que nos observam, ignorando as pessoas que nos ignoram, enquanto o Rube rosna para as pessoas que tentam nos empurrar pra fora da calçada. Nossos olhos são grandes e transbordam, alertas. Nossos ouvidos detectam cada som. Sentimos o cheiro do impacto do trânsito e dos seres humanos. Seres humanos e trânsito. Recuam e avançam. Provamos nosso momento, engolindo-o, conhecendo-o. Sentimos os nervos se contraindo no nosso estômago, ferindo a nossa pele de dentro para fora.

Quando a manhã rasga o horizonte no dia seguinte, já estamos correndo há algum tempo. Enquanto isso, Rube conversa comigo sobre algumas coisas. Ele quer um saco de areia. Quer uma corda de pular. Quer mais velocidade e outro par de luvas para treinarmos direito. E quer protetor de cabeça, assim não nos matamos ao fazer isso. Ele quer.

Ele quer muito.

Corre, e os pés têm um objetivo, e tem fome nos olhos dele, além de desejo na voz. Nunca o vi assim. Como se quisesse, com muita vontade, ser alguém e lutar por isso.

Ao voltarmos para casa, a luz do sol se lança sobre o rosto dele. De novo. Uma colisão.

Ele diz:

— Vamos conseguir, Cam. — Está sério e solene. — Vamos até lá e, uma vez na vida, vamos ganhar. Não vamos sair sem ganhar. — Ele está inclinado no portão. Se agacha. Afunda o rosto na cerca. Os dedos, no arame. Então, um choque, porque, quando vira a cabeça para me encarar, tem uma lágrima caindo do olho. Desce pelo rosto, e a voz é sufocada pela fome. Ele diz:

— Não podemos mais aceitar sermos somente nós mesmos... A gente tem que melhorar. Ser mais... quer dizer, é só olhar pra mamãe. Se matando. Papai está na pior. Falta pouco pro Steve ir embora. Andam chamando a Sarah de vadia. — Ele fecha a mão no arame e fala entre os dentes: — Agora é com a gente. É simples. A gente tem que melhorar. A gente tem que ter a droga da nossa autoestima de volta.

— E dá? — pergunto.

— A gente tem que conseguir. A gente tem que conseguir. — Fica de pé e me segura pela frente da camiseta, bem na altura do coração. Diz: — Eu sou o Ruben Wolfe. — E fala sério. Joga as palavras no meu rosto. — E você é o Cameron Wolfe. Isso tem que começar a querer dizer alguma coisa, garoto. Tem que começar a agitar alguma coisa dentro da gente, fazer a gente querer ser alguém para esses nomes, e não apenas outro par de caras que não fez mais do que as pessoas diziam que faríamos.

BOM DE BRIGA

Sem chance. Vamos sair dessa. Temos que sair. Vamos nos arrastar, gemer, lutar, morder e latir para qualquer coisa que fique no nosso caminho ou tente nos caçar e atirar em nós. Está certo?

– Está. – Concordo.

– Bom. – E, para minha inquietação, Rube se apoia no meu ombro com o antebraço, e fitamos a rua de manhã com a luz negra e os carros reluzentes. Sinto que estamos juntos para encarar o que aparecer à nossa volta, e me surpreende, por um instante, que o Rube tenha crescido (embora ele seja apenas um ano mais velho que eu). E me surpreende que ele queira e deseje tanto assim. As últimas palavras dele são: – Se fracassarmos, culparemos a *nós* mesmos.

Entramos em casa pouco depois, sabendo que ele está certo. As únicas pessoas que queremos culpar somos nós mesmos porque é em nós mesmos que confiamos. Temos consciência disso, e esse saber sempre vai andar ao nosso lado, no limite de cada dia, perto de cada pulsação, em cada batida do coração. Tomamos o café da manhã, mas não matamos a fome. Ela está crescendo.

Cresce ainda mais quando nos encontramos com o Perry no parque, como ele disse para fazermos. Quatro da tarde.

– Rapazes – cumprimenta ele na avenida Eddy. Carrega uma maleta.

Markus Zusak

— Perry.

— Oi, Perry.

Caminhamos juntos até um banco perto do meio do parque, que foi bombardeado pelos pombos acima dele; então, sentar é arriscado. Ainda assim, é mais seguro que alguns dos outros bancos, que as aves parecem achar que são seus banheiros públicos.

— Olha só o estado desse lugar. — Perry dá um meio sorriso. É o tipo de cara que gosta de sentar no meio de um parque nojento para falar de negócios. — É uma vergonha. — Mas seu meio sorriso se transforma em um sorriso inteiro. É um sorriso de malícia doentia, simpatia e felicidade, tudo junto numa mistura devastadora. Ele veste uma camisa de flanela falsa, jeans largo, botas velhas e, claro, dá aquele sorriso malicioso dele. Procura um local na mesa para pôr a maleta, mas prefere o chão.

Uma pausa silenciosa.

Um velho pede uns trocados.

Perry dá uns trocados para ele, mas, primeiro, faz uma pergunta ao pobre-diabo.

Diz:

— Cara, qual é a capital da Suíça, você sabe?

— Berna — responde o velho, depois de pensar um pouco.

BOM DE BRIGA

— Muito bom. Mas o problema é esse. — Sorri de novo. Droga de sorriso. — Na Suíça, uma vez, pegaram todos os ciganos, prostitutas e bebuns feito você e jogaram do outro lado da fronteira. Eles se livraram de cada um dos porcos imundos que dava o ar da graça na preciosa terra deles.

— E daí?

— Daí que você é um bebum com uma tremenda sorte, não é? Além de ficar no nosso lindo país, ganha uns trocados de pessoas generosas como eu e meus colegas aqui.

— Eles não me deram nada.

(Gastamos os últimos trocados na corrida de cachorros, no outro dia.)

— Claro, mas também não jogaram você no oceano Pacífico, jogaram? — Ele dá um sorriso cruel. — Não jogaram você lá e disseram pra começar a nadar. — E acrescenta: — Mas bem que deveriam.

— Você é doido. — O bêbado começa a se afastar.

— Claro que sou — diz Perry atrás dele. — Acabei de te dar um dólar do meu dinheiro suado.

Ah, claro, penso. *É dinheiro que ganha dos lutadores.*

O velho já está atrás de outras pessoas, um casal meio grunge, vestido de preto, com cabelo roxo. Eles usam piercings pelo corpo todo e coturnos nos pés.

Markus Zusak

— Ele é que deveria dar uns trocados pra *eles* — observa o Rube, e dou uma risada. Ele tem toda razão e, quando o velho dá voltas perto do casal, fico observando. Ele transformou a própria vida nos trocados de outras pessoas. É triste.

É triste, mas Perry esqueceu completamente o homem. Já se divertiu e agora só quer falar de negócios.

— Muito bem. — Aponta para mim. — Vamos resolver as coisas com você, primeiro. Tome as luvas e os shorts. Pensei nas sapatilhas, mas vocês não vão ganhar nenhuma. Nenhum dos dois merece, porque não sei quanto tempo vão aguentar. Talvez arranje umas pra vocês depois; por enquanto, usem os tênis.

— É justo.

Pego as luvas e os shorts, e gosto deles.

São baratos, mas gosto muito deles. Luvas cor de sangue e shorts azul-escuros.

— Agora, precisamos arranjar um nome para quando for apresentado à multidão antes das lutas. Alguma sugestão? — Perry acende um cigarro e tira uma lata de cerveja quente da mala. Fumaça e latas de cerveja. Ele me irrita com esse lixo, mas continuo prestando atenção.

— Que tal Homem lobo? — diz o Rube.

Balanço a cabeça.

BOM de BRIGA

Pensando.
Então, me vem à mente.
Sorrindo.
Já sei. Faço que sim com a cabeça. Digo.
– O Azarão.
Continuo sorrindo, enquanto o rosto de Perry se ilumina, e observo os mendigos velhos, os esquisitões e os pombos limpando as ruas da cidade como meio de sobrevivência.
Sim, Perry se anima, por trás da fumaça, e diz:
– Ótimo. Gostei. Todo mundo gosta de um azarão. Chama a atenção, e, mesmo que você perca, ainda vão te dar uns trocados. – Uma risada. – Melhor do que eu esperava. É simplesmente perfeito.
Mas ele não perde tempo.
– Agora – prossegue, apontando um dedo para o Rube –, pra você já está tudo arranjado. Aqui estão as luvas e os shorts. – Luvas azul-acinzentadas. Baratas. Sem cordões. Iguais às minhas. Os shorts são pretos com bordas douradas. Mais bonitos que os meus. – Você quer saber com que nome ficou?
– Eu não posso escolher?
– Não.
– Por que não?

— Porque pra você já está tudo arranjado. Vou te dizer uma coisa, você vai saber quando lutar, está bem?

— Então, tá.

— Diz que sim. — Firme.

— Sim.

— E diz "obrigado", porque, quando eu tiver terminado, as mulheres vão cair em cima de você feito dominós.

Dominós.

Que cuzão.

Rube obedece.

— Obrigado.

— Certo.

Perry se levanta e vai embora, a maleta ao lado dele.

Dá meia-volta.

Diz:

— E lembrem-se de que a primeira luta será no domingo que vem, em Maroubra. Vou levar vocês até lá com a van. Estejam de novo na avenida Eddy às três da tarde em ponto. Não me façam esperar, ou um ônibus vai acabar comigo, e eu vou acabar com *vocês* dois. Entenderam?

BOM DE BRIGA

Fazemos que sim com a cabeça.

Ele vai embora.

— Obrigado pelas coisas — digo, mas o Perry Cole já se foi.

Ficamos sentados lá.

Luvas.

Shorts.

Parque.

Cidade.

Fome.

Nós.

— Droga.

— Que foi, Rube?

— Tá me incomodando dia e noite.

— O quê?

— Queria perguntar ao Perry se ele podia arrumar um saco de areia pra nós e um pouco daquelas coisas para treinar.

— Você não precisa de um saco de areia.

— Por que não?

— Você tem a mim.

— É.

— Você não tinha que concordar.

— Eu queria.

Uma longa pausa...

— Está com medo, Rube?

— Não. Estava antes, mas agora não. E você?

— Estou.

Não tinha por que mentir. Estou com medo. Morrendo de medo. Apavorado. Em pânico. Sim, acho que já está decidido.

Estou com medo.

7

O tempo passou e é domingo de manhã. Dia da luta, e estou morrendo de vontade de ir ao banheiro. Preciso cagar por causa do nervosismo. Treinamos duro: corrida, flexões, abdominais, tudo. Até pular corda com a coleira do Miffy. Disputamos Um Soco e também lutamos com as duas mãos com as luvas novas, todas as tardes. O Rube fica me dizendo que estamos prontos, mas, ainda assim, tenho que ir ao banheiro. Desesperadamente.

– Quem está *aí dentro*? – pergunto, do lado de fora da porta. – Estou agonizando aqui fora.

Uma voz sai de lá de dentro. – Sou eu. – "Eu" é o meu pai. "Eu" é o coroa. "Eu" é o cara que pode até estar desempregado, mas ainda nos dá uma boa surra quando bancamos os espertinhos. – Mais dois minutos.

Dois minutos!

Como é que eu vou sobreviver dois minutos?

Quando finalmente sai, sinto como se fosse desmaiar em direção à privada, mas só consigo chegar até o vão da porta. *Por quê?*, você poderia perguntar, mas vou te dizer, se você chegasse perto do nosso banheiro hoje de

Markus Zusak

manhã, sentiria o pior cheiro que já sentiu em toda a vida. O cheiro é nojento. É furioso. Não, é totalmente selvagem.

Inspiro, engasgo e inspiro de novo, dando meia-volta, quase correndo. Mas agora também estou quase uivando de tanto rir.

— O quê? — pergunta o Rube quando volto para o quarto.

— Ai, cara.

— O que foi?

— Vem aqui — digo para ele e vamos até o banheiro.

O cheiro me acerta de novo.

Arrebenta o Rube.

— Caramba. — É tudo que diz, no início.

— Terrível, né? — pergunto.

— Bem, esse cheiro aí não é dos melhores — admite Rube. — O que é que o coroa anda comendo ultimamente?

— Não faço ideia — continuo —, mas vou te dizer logo: esse cheiro é físico.

— Com certeza. — Rube se afasta para bem longe. — É absolutamente terrível, é isso que é. Como um gremlin, um monstro, um... — Ele não encontra palavras.

Reúno um pouco de coragem e digo:

BOM DE BRIGA

— Vou entrar.
— Por quê?
— Porque eu estou morrendo aqui!
— Está certo, boa sorte.
— Vou precisar.

Mas vou precisar de mais sorte depois, e estou uma pilha de nervos, aguardando na avenida Eddy. Os dedos do medo e da dúvida arranham o meu estômago por dentro. É como se eu estivesse sangrando, mas claro que são só os meus nervos. Rube, por outro lado, está sentado com as pernas esticadas. As mãos estão apoiadas com firmeza nos quadris. O cabelo, que o vento soprou, cobre o rosto. Um pequeno sorriso se forma nos lábios dele. A boca se abre.

— Ele chegou — diz meu irmão. — Vamos.

A van para. É uma coisa enorme. Uma kombi. Quatro outros caras já estão dentro dela. Entramos, passando pela porta corrediça.

— Que bom que vocês vieram. — Perry sorri para nós pelo espelho retrovisor. Está usando um terno. Vermelho sangue, chega a ser até difícil de olhar. É bonito.

— Tive que cancelar o recital de violino — responde o Rube —, mas chegamos. — Ele se senta, e um cara do tamanho de um armário fecha a porta. O nome dele é Bumper. O magricelo ao lado dele é o Leaf. O gorducho é o Erroll e o de aparência normal, Ben. Todos são mais velhos que a gente. Assustadores. Cheios de cicatrizes. Com marcas de socos.

— Rube e Cameron. — Perry nos apresenta de novo, pelo espelho retrovisor.

— Oi.

Silêncio.

Olhos violentos.

Narizes quebrados.

Dentes faltando.

Na minha inquietação, olho para o Rube. Ele não me ignora, mas fecha o punho como se dissesse, "Fica alerta".

Os minutos se passam.

São minutos silenciosos. Alerta. Em movimento. No limite, ao mesmo tempo que me concentro em sobreviver e torço para que a viagem nunca termine. Torço para nunca chegar lá.

Paramos no abatedouro, no fim de Maroubra, e está frio e ventando e com maresia.

O pessoal está por ali.

Ao nosso redor, posso farejar a selvageria no ar agitado do sul. Ela abre caminho até o meu nariz, mas não sangro. O que eu sangro é medo, e jorra pela minha boca. Limpo, com pressa.

BOM DE BRIGA

— Vamos nessa. — Rube me puxa com ele. — Por aqui, garoto, ou será que você quer lutar com os caras daqui?

— Sem chance.

Lá dentro, Perry nos conduz através de uma salinha e chegamos a um frigorífico, onde alguns porcos mortos e congelados pendem do teto feito mártires. É horrível. Olho para eles por um instante, com o ar rarefeito e a visão assustadora de pedaços de carne morta querendo se enfiar na minha garganta.

— Igualzinho ao Balboa — cochicho para o Rube. — A parte da carne pendurada.

— É — responde. Ele sabe o que eu quero dizer.

Isso me faz pensar no que estamos fazendo aqui. Todos os outros caras só estão por aí, aguardando, até sentados, e fumam ou tomam bebidas alcoólicas para acalmar os nervos. Para aplacar o medo. Para diminuir a velocidade dos punhos e acelerar a coragem. Aquele cara imenso, Bumper, pisca para mim, divertindo-se com o meu medo.

Só fica sentado lá, e a voz baixa chega até mim, indiferente.

— A primeira luta é a mais difícil. — Um sorriso. — Não se preocupe em ganhar. Primeiro, sobreviva; depois, pense nisso. Tá bem?

Faço que sim com a cabeça, mas é o Rube quem responde.

Diz:

— Não se preocupe, cara. Meu irmão sabe como se levantar.

— Que bom. — Está sendo sincero. Depois: — E você?

— Eu? — Rube sorri. Ele é durão, confiante e não parece sentir medo algum. Ou, pelo menos, não vai demonstrar. Apenas diz: — Não vou precisar me levantar. — E a questão é que ele sabe que não vai. Bumper sabe que ele não vai. *Eu* sei que ele não vai. Dá pra farejar isso nele, igual àquele cara do *Apocalypse Now* que todo mundo sabe que não vai morrer. Ele ama demais a guerra e o poder. Nem pensa na morte, pra não falar no medo. E é justamente isso que o Rube é. Ele vai sair daqui com cinquenta dólares e um sorriso. É isso. Nada mais a dizer.

Conhecemos algumas pessoas.

— Então, você tem umas caras novas, hein? — Um sujeito velho e feio sorri para o Perry um sorriso que mais parece um borrão. Ele nos examina e aponta. — O menor não tem chance, mas o mais velho parece bom. Meio bonitinho demais, talvez, mas não é de todo ruim. Sabe lutar?

— Sabe. — Garante o Perry — E o menor tem coração.

BOM DE BRIGA

— Bom. — Uma cicatriz sobe e desce no queixo do sujeito velho. — Se ele ficar se levantando, pode ser que a gente tenha um massacre. A gente não tem um aqui há semanas. — Ele olha nos meus olhos, como se dissesse quem manda. — De repente a gente pendura ele aqui com os porcos.

— Que tal você dar o fora, velhote? — Rube se aproxima. — Ou talvez a gente pendure você no lugar dele.

O velhote.

Rube.

Os olhos deles estão fixos um no outro, e o homem está morrendo de vontade de botar o Rube contra a parede, eu juro, mas alguma coisa o impede. Ele só faz uma observação rápida.

Diz:

— Vocês todos sabem as regras, rapazes. Cinco rounds ou até que um de vocês não consiga levantar. A multidão está agitada hoje à noite. Eles querem sangue, por isso, tomem cuidado. Eu mesmo trouxe uns caras durões, e eles estão animados, assim como vocês. Vejo vocês lá fora.

Quando ele sai, é o Perry quem bota o Rube contra a parede. E avisa:

— Se voltar a fazer isso, aquele cara vai te matar. Entendeu?

— Tudo bem.

MarKus Zusak

— Diga que entendeu.

Rube sorri.

— Tudo bem. — Encolhe os ombros. — Entendi.

Perry solta o Rube e ajeita o terno.

— Bom.

Perry leva todo mundo por outro corredor até uma nova sala. Por uma rachadura na porta, vemos a multidão. Tem, pelo menos, umas trezentas pessoas. Talvez mais, todas amontoadas no chão vazio do abatedouro.

Tomam cerveja.

Fumam.

Conversam.

Sorriem.

Dão gargalhadas.

Tossem.

É uma multidão de homens estúpidos — velhos e jovens. Surfistas, peladeiros, suburbanos, esse tipo de gente.

Vestem jaquetas e jeans preto e casacos pesados, e alguns trazem mulheres ou garotas agarradas neles. São garotas burras, caso contrário, não dariam as caras aqui. São bonitas, com sorrisos feios e chamativos, e conversas que não podemos ouvir. Inspiram a fumaça e a sopram para fora, e suas palavras saem da boca e são esmagadas no chão. Ou são descartadas, só para brilhar com calor por um momento, para alguém pisar mais tarde.

Palavras.

Apenas palavras.

Apenas palavras de cabelo liso e louro, e, quando vejo o ringue todo iluminado e silencioso, dá para imaginar as mulheres torcendo depois, quando eu cair no chão de lona, com o rosto todo machucado e sangrando.

Sim.

Elas vão torcer, acho.

Cigarro numa das mãos.

A mão suada e quente de um marginal na outra.

Gritando, louras, com a boca cheia de cerveja.

Tudo isso é o lugar girando.

É o que me dá mais medo.

— Ei, Rube, o que estamos fazendo aqui?
 — Cala a boca.
 — Não acredito que a gente se meteu nisso!
 — Para de cochichar.
 — Por quê?
 — Se não parar, eu mesmo vou ter que dar uma surra em você.
 — Sério?
 — Você está começando a me aborrecer, sabia?
 — Desculpa.
 — Estamos prontos.
 — Estamos?
 — Sim. Você não sente?
Eu me pergunto.
Está pronto, Cameron?
De novo.
Está pronto, Cameron?
O tempo vai dizer.
Você não acha engraçado como o tempo parece fazer um monte de coisas? Ele voa, ele diz e, o pior de tudo, ele acaba.

8

É o som da minha respiração que me pega, invadindo meus pulmões. Perry acaba de entrar e me diz. Está na hora.

— Você é o primeiro — chama ele.

Está na hora, e eu ainda estou sentado aqui, com o agasalho velho, grande-demais-para-mim. (Rube pegou um casaco com capuz do Steve.) Tudo está dormente. Minhas mãos, dedos, pés. Está na hora.

Eu me levanto.

Eu aguardo.

Perry voltou para o ringue e, da próxima vez que a porta se abrir, também terei que ir para lá. Sem tempo para pensar, acontece. A porta se abre e começo a caminhar. Para dentro.

Da arena.

A agressividade pulsa dentro de mim. O medo me envolve. Os passos me levam para a frente.

Depois, a multidão.

A animação deles me encoraja, pois sou o primeiro lutador a sair.

Eles se viram e olham para mim no meu agasalho, e caminho entre eles. O capuz cobre a minha cabeça. Eles gritam. Eles batem palmas e assobiam, e isso é só o começo. Eles uivam e cantam, e, por um instante, esquecem a cerveja. Eles nem sentem quando ela desce pela garganta. Sou só eu, e o fato de que a violência está próxima. Eu sou o mensageiro. Sou suas mãos e seus pés. Eu a levo até eles. É isso que dou a eles.

– O AZARÃO!

É o Perry, de pé no ringue, segurando um microfone.

– Sim. É Cameron Wolfe, o Azarão! – grita no microfone. – Ajudem o garoto. É o nosso lutador mais jovem! O nosso pugilista mais jovem! O nosso boxeador mais jovem! Ele vai lutar até o fim, gente, e vai continuar levantando!

O capuz do agasalho ainda cobre a cabeça, embora não tenha nem cordão, nada, para mantê-lo no lugar. Os shorts de boxe estão confortáveis nas pernas. Os tênis de ginástica continuam andando em meio à multidão, densa e alerta.

Agora estão atentos.

Acordados.

Impacientes.

Me observam e me examinam, e são durões e rudes, mas, de repente, parecem me respeitar.

— Azarão — murmuram, durante o caminho até o ringue, até eu subir lá. Rube está atrás de mim. Ele vai ficar no meu corner, assim como eu vou ficar no dele.

— Respira — digo para mim mesmo.

Olho.

Ao redor.

Ando.

De um lado ao outro do ringue.

Me agacho.

No meu corner.

Quando estou ali, os olhos do Rube queimam nos meus. *Vê se levanta de qualquer jeito*, é o que dizem, e faço que sim com a cabeça, depois fico de pé. Tiro o agasalho. Minha pele está quente. Meu cabelo igual ao de um lobo fica arrepiado como sempre, bonito e grosso. Agora estou pronto. Estou pronto para ficar de pé, custe o que custar. Estou pronto para acreditar que gosto da dor e que a quero tanto a ponto de ir buscá-la. Vou atrás dela. Vou correr ao seu encontro e me lançar dentro dela. Vou ficar de pé diante dela em terror cego e deixar que me bata até transformar a coragem em trapos. Então, ela vai me despir e me deixar nu, de pé, e me bater mais um pouco, e o sangue do sacrifício vai jorrar da minha boca e a dor vai bebê-lo, senti-lo, roubá-lo de mim e escondê-lo nos bolsos das suas entranhas, e vai me engolir. Vai continuar me mantendo de pé, e não vou deixá-la saber. Não vou dizer que sinto. Não vou lhe dar essa satisfação. Não, a dor vai ter que me matar.

É isso que eu quero agora, parado, no ringue, esperando que as portas se abram de novo. Quero que a dor me mate antes que eu desista...

— E agora!

Olho para a lona debaixo dos meus pés.

— Vocês sabem quem é!

Fecho os olhos e apoio as luvas nas cordas.

— Isso! — É o cara velho e feio quem grita agora. — É Carl "Cauteloso" Ewings! Carl "Cauteloso"! Carl "Cauteloso"!

As portas se abrem com violência e o meu adversário marcha através delas, e a multidão fica enlouquecida. Grita cinco vezes mais alto que quando entrei, com certeza.

Carl "Cauteloso".

— Parece que tem uns trinta anos! — grito para o Rube. Ele mal consegue me ouvir.

— É — responde —, mas ele é meio atarracado.

De qualquer maneira, ele ainda é mais alto, mais forte e parece mais rápido que eu. Parece que já esteve em umas cem lutas e quebrou uns cinquenta narizes. Mas, sobretudo, ele parece durão.

— Dezenove anos! — O velho continua falando no microfone. — Vinte e oito lutas, vinte e quatro vitórias. — E o mais importante: — Vinte e duas por nocaute.

— Jesus Cristo.

É o Rube quem fala dessa vez, e Carl "Cauteloso" Ewings pulou as cordas e agora dá voltas no ringue como se quisesse matar alguém. E adivinha quem está bem perto dele? Eu, claro, pensando, *Vinte e dois nocautes. Vinte e dois nocautes.* Esse cara vai fazer picadinho de mim. Picadinho, sério.

Chega perto de mim.

— Oi, garoto — diz.

— Oi — respondo, embora não tenha certeza de que ele quer ouvir. Só estou tentando ser simpático, na verdade. Ninguém pode me culpar por tentar.

De qualquer jeito, parece que funciona, porque ele sorri.

Depois, deixa uma coisa bem clara.

Diz:

— Vou matar você.

— Está bem.

Será que acabei de dizer isso?

— Você está com medo — diz, mais uma vez.

— Como quiser.

— Ah, eu quero, cara, e vou querer mais ainda ver você saindo daqui de maca.

— É mesmo?

— Com certeza.

No fim, ele sorri de novo e volta para o corner. Para ser sincero, tenho certeza de que vai acabar comigo. Carl "Cauteloso". Que idiota, e, se não estivesse com tanto medo, diria isso a ele. Agora somos só eu, o medo e os passos tortos que dou até o centro do ringue. Rube está parado atrás de mim.

Me sinto nu agora, apenas com os shorts azul-escuros, os tênis e as luvas nas mãos. Me sinto magricelo demais, exposto demais. Como se desse para ver o medo em mim. A sala quente atravessa minhas costas. A fumaça de cigarro respira na minha pele. Cheira a câncer.

A luz aponta para nós.

Cegando.

A multidão está escura.

Oculta.

São apenas vozes agora. Sem nomes, sem louras, sem cerveja nem outra coisa qualquer. Apenas vozes que se dirigem para a luz, e não há como compará-las a qualquer outra coisa. Parecem pessoas reunidas para uma luta. Só isso. É isso que são e gostam do que são.

BOM DE BRIGA

Carl e eu estamos suando. Tem vaselina acima dos olhos dele, que pulverizam o caminho até os meus olhos. E não demoro a entender que ele quer me matar *de verdade*.

— Lutem limpo — pede o juiz, e isso é tudo que diz.

Então, volto para o corner.

Minhas pernas se mexem com intensidade por causa da expectativa.

Meu coração dispara.

Minha cabeça faz que sim, enquanto o Rube me dá duas instruções.

A primeira:

— Não caia.

A segunda:

— Se cair, faça de tudo pra levantar.

— Certo.

Certo.

Certo.

Que palavra, hein? Que palavra, porque nem sempre você consegue cumprir o que promete. Tudo vai dar certo. Claro. Tanto faz, porque não vai. Tudo depende de você mesmo que, nesse caso, sou eu.

— Certo — digo mais uma vez, sentindo a ironia de tudo, e a campainha toca, e é isso.

É isso?, pergunto a mim mesmo. *É isso mesmo? Sério?*

Quem responde à minha pergunta não sou eu, mas o Carl "Cauteloso", que deixa bem claras as suas intenções. Ele corre para cima de mim e ataca com a mão esquerda. Eu me abaixo, giro e saio do corner.

Ele ri quando vai atrás de mim.

Todo o round.

Vem para cima de mim, eu me abaixo.

Tenta e erra, e me diz que eu estou apavorado.

Perto do fim do round, a luva esquerda dele acha o caminho e acerta o meu queixo. Então, a direita também me acha, e ele acerta outro soco. Depois, o gongo.

O round acaba, e eu não tentei dar nem um soco.

Rube me aconselha.

Diz:

— Uma dica: não dá pra ganhar uma luta sem dar nenhum soco.

— Eu sei.

— E aí?

— E aí o quê?

— Melhor começar a dar alguns.

— Está bem. — Mas, pessoalmente, fico feliz por ter sobrevivido ao primeiro round sem perder por nocaute. Nem acredito que ainda esteja de pé.

Segundo round. Nenhum soco ainda, mas, dessa vez, no fim, beijo a lona e a multidão berra. Carl "Cauteloso" fica de pé, acima de mim, e diz: "Ei, garoto! Ei, garoto." É tudo que diz, enquanto faço um esforço para ficar de joelhos e de pé. Pouco depois, o gongo. Todo mundo sabe que estou apavorado.

Dessa vez, o Rube briga comigo.

— Se você vai continuar assim, não faz sentido estar aqui! Lembra do que conversamos de manhã? Essa é a nossa chance. Nossa *única* chance, e você vai estragar tudo porque está com medo de sentir um pouco de dor! — Rosna para mim. Late. — Se fosse eu lutando, teria derrubado esse cara no primeiro round, e nós dois sabemos disso. Eu levo uns vinte minutos pra derrubar *você*, então é melhor começar a se mexer ou voltar pra casa!

Apesar disso, não dou nenhum soco.

A multidão começa a vaiar. Ninguém gosta de um covarde.

Rounds três e quatro, e nenhum soco.

Finalmente, o último round, o quinto.

O que acontece?

Eu me afasto, meu coração parece um martelo, batendo contra as costelas. Eu me abaixo e desvio, e Carl "Cauteloso" acerta mais uns bons golpes. Ele continua me dizendo para parar de correr, mas eu não paro. Continuo correndo e sobrevivo à minha primeira luta. Perco porque não dei nenhum soco, e a multidão, quer me linchar. Na saída do ringue, as pessoas gritam no meu rosto, cospem em mim, e um cara até me dá uma bela cotovelada nas costelas. Eu mereço.

Quando volto para a sala, os outros caras só balançam a cabeça.

Perry me ignora.

Rube não consegue nem olhar para mim.

Em vez disso, soca a carne crua pendurada à nossa volta, enquanto tiro as luvas, envergonhado. Tem outra luta antes de o Rube entrar. Ele soca com força e espera, e nós sabemos. Rube vai vencer. Está escrito nele agora. Não sei de onde veio, talvez da briga no pátio da escola. Não tenho certeza, mas posso farejar, bem na hora em que a outra luta termina.

Quando Perry diz para ele que está na hora, Rube soca o último porco e vamos até as portas. Mais uma vez, esperamos, e, quando a voz do Perry chega até nós, Rube abre a porta com força.

Perry grita de novo: "E, agora, acho que vocês vão ver uma coisa hoje sobre a qual vão falar pelo resto da vida! Vão dizer que viram esse cara." Silêncio absoluto. Silêncio absoluto, e a voz de Perry fica mais baixa. Séria. "Vocês vão dizer: 'Eu estava lá. Estava lá na primeira noite em que Ruben Wolfe lutou. Eu vi a primeira luta do Ruben 'Bom de Briga' Wolfe.' É isso que vão dizer..."

BOM DE BRIGA

Ruben "Bom de Briga" Wolfe.
Então, esse é o nome dele.
Ruben "Bom de Briga" Wolfe, e o que a multidão vê é o Rube caminhando até o ringue, vestindo o casaco do Steve. Como todo mundo até agora, a multidão sente. A confiança. Vê nos olhos que espreitam de dentro do capuz.

O andar não é atrevido nem arrogante.
Ele não dá socos no ar.
Mas nenhum passo está fora do ritmo.
Ele caminha ereto, confiante e decidido, pronto para lutar.

— Espero que você seja melhor que o seu irmão — grita alguém.

Fico magoado. Isso me machuca.

— Eu sou.

Mas não tem mais que isso. Não tem mais que essas duas palavras na boca do meu irmão, enquanto caminha, sem vacilar.

— Estou pronto hoje à noite — continua, e percebo que, agora, ele fala apenas para si mesmo. A multidão, Perry e eu apenas estamos em alguma parte, fora de foco. Agora são só o Rube, a luta e a vitória. Não tem mundo ao redor dele.

Como sempre, o adversário pula para o ringue, mas fica nisso. No primeiro round, Rube derruba o cara duas vezes. Ele é salvo pelo gongo. No intervalo, tudo que faço é dar ao meu irmão um pouco de água quando ele senta, fita e espera. Espera pela luta com um leve sorriso, como se não existisse outro lugar em que ele quisesse estar. Faz isso uma vez, outra e mais outra, antes de pular e sair, punhos erguidos. Lutando.

O segundo round é o último round.

Rube acerta o adversário em cheio com a direita.

Bate nos pulmões dele.

Então, desce para as costelas.

Até no pescoço.

Ombro.

Braço.

Em qualquer parte legal e desprotegida.

Por fim, vai direto para o rosto. Três vezes, até o sangue jorrar da boca do outro cara.

— Pare isso — diz Rube para o juiz.

A multidão berra.

— Pare a luta. — Mas o juiz não tem intenção nenhuma de fazer isso, e Rube é forçado a enterrar um último soco no queixo do Walter "Mágico" Brighton, e ele cai durinho na lona.

Tudo é barulhento e violento.

Garrafas de cerveja se partem.

As pessoas gritam.

BOM DE BRIGA

Mais uma gota de sangue atinge a lona.
Rube observa.
Depois, outro urro dá a volta no chão do abatedouro.
— Então, é isso — diz Rube ao voltar para o corner. — Pedi que parassem a luta, mas as pessoas gostam de sangue. Acho que é pra isso que estão pagando.
Sai do ringue e recebe a veneração imediata da multidão. Derramam cerveja nele, apertam as mãos com as luvas e gritam que ele é fantástico. Rube não reage a nada disso.
No fim da noite, todos nos enfiamos de novo na van do Perry. Bumper ganhou em cinco rounds, mas todos os outros caras perderam, e eu também, claro. A volta para casa é silenciosa. Apenas dois lutadores têm uma nota de cinquenta dólares na mão. Os outros têm uns trocados nos bolsos, que foram jogados no corner no fim da luta. Quer dizer, todos, menos eu. Como eu disse, está na cara que ninguém gosta de um covarde.
Perry deixa todo mundo em casa primeiro, e nós dois no Centro.
— Ei, Rube — chama.
— Sim.
— Você sabe lutar, garoto. Vejo você semana que vem.

— Mesma hora?
— Isso.
Perry, para mim:
— Cameron, se fizer o que fez hoje à noite na próxima semana, vou matar você.
Eu:
— Está bem.
Parece que meu coração vai parar, a van dá a partida, e Rube e eu voltamos para casa. Tento fazê-lo voltar a bater no caminho. Quero chorar, mas não choro. Queria ser o Rube. Queria ser o Ruben "Bom de Briga" Wolfe, e não o Azarão. Queria ser o meu irmão.

Um trem cruza os trilhos suspensos, quando caminhamos pelo túnel, na direção da rua Elizabeth. O som é ensurdecedor, depois acaba.

Nossos pés assumem o controle.

No outro lado da rua, posso farejar o medo de novo. Posso farejar o cheiro, e consigo perceber que o Rube também sente. Mas ele não sabe. Ele não sente.

O pior de tudo é saber que as coisas mudaram. Sabe, Rube e eu sempre ficamos juntos. Nós dois estávamos na pior. Nós dois éramos lixo. Nada que prestasse.

Agora o Rube é um vencedor. É como o Steve, e agora eu sou um Wolfe por conta própria. Sou o azarão, sozinho.

BOM DE BRIGA

No caminho, passando pelo portão da frente de casa, Rube bate duas vezes de leve no meu ombro. A raiva de antes diminuiu, provavelmente por causa da grande vitória. Nós nos preparamos para responder às perguntas sobre o motivo de estarmos tão atrasados para o jantar. Isso não acontece, porque a mamãe está trabalhando no turno da noite no hospital e o papai está andando por aí. A primeira coisa que o Rube faz é lavar o sangue das luvas no quintal.

Quando entra no quarto, diz:

— Vamos jantar e depois passear com o Miffy, está bem?

— Tá.

As minhas luvas vão direto para debaixo da cama. Estão impecáveis. Superlimpas.

— *Rube?*

— *O quê?*

— *Você tem que me dizer como foi. Tem que me dizer como foi vencer.*

Silêncio.

Silêncio total.

As vozes da mamãe e do papai chegam até nós, vindas da cozinha. Estão conversando com o Steve, porque também ouço a voz do meu irmão. Sarah está dormindo no quarto dela, imagino.

— *Como foi?* — *Rube pergunta a si mesmo.* — *Não sei exatamente, mas me deu vontade de uivar.*

9

— Pega aquela bolsa — diz Steve para mim. Está se mudando, como disse que faria. Todas as coisas dele foram tiradas do porão, enquanto se prepara para sair de casa e arrumar um apartamento para viver com a namorada. Por enquanto, ele vai alugar, acho, mas depois provavelmente vai comprar alguma coisa. Já tem um tempo que ele trabalha. Bom emprego, acabou de começar a universidade em meio período. Ternos bonitos. Nada mau para quem parou de estudar há alguns anos. Ele simplesmente diz que está na hora de ir, com a mamãe e o papai brigando para pagar as contas, e o papai recusando o seguro-desemprego.

Ele não faz drama.

Ele não olha para o quarto com um último olhar nostálgico.

Apenas sorri, dá um abraço na mamãe, aperta a mão do papai e sai.

Na varanda, nossa mãe chora. Papai ergue a mão dando adeus. Sarah aperta nos braços os restos de um abraço. É um filho e um irmão que se vai. Rube e eu vamos com ele, para ajudar a arrumar o que sobrou das suas coisas. O apartamento fica a apenas um quilômetro, mas ele diz que quer se mudar para o sul.

— Perto do National Park.
— Boa ideia.
— Ar fresco e praias.
— Parece bom.

Partimos, e sou o único que se vira para olhar o restante do bando dos Wolfe na varanda da frente. Eles vão observar o carro até ele desaparecer. Depois, um por um, voltarão para dentro de casa. Para trás da porta de tela. Para trás da porta de madeira. Para trás das paredes. Para o mundo dentro do mundo.

— Tchau, Steve — dizemos, quando tudo está arrumado.

— Agora só estou mais à frente na rua — diz, e procuro algo parecido com reconhecimento na voz dele. Algo que soe como *Está tudo bem, rapazes. Ficaremos bem. Todos ficaremos bem.* A voz do Steve, porém, não se parece com nada disso. Todos nós sabemos que ele vai ficar bem. Para ele, não tem ironia nas palavras. Steve sempre vai ficar bem. É assim que as coisas são.

Não nos abraçamos.

Steve e Rube trocam um aperto de mãos.

Steve e eu trocamos um aperto de mãos.

BOM DE BRIGA

Suas últimas palavras são:
— Cuidem para que a mamãe fique bem, tá certo?
— Tá certo.
Voltamos para casa correndo, juntos, na noite quase escura de terça-feira. Rube espera por mim, quando corremos. Ele me empurra. A próxima luta nos ronda feito um ladrão esperando para roubar. Daqui a cinco dias.
Sonho com ela todas as noites.
Tenho pesadelos.
Suo.
Nos meus sonhos, luto com o Perry. Luto com o Steve e o Rube. Até a minha mãe aparece e me dá uma surra. Em todas as vezes, a coisa mais estranha é que meu pai está na multidão, e apenas observa. Não diz nada. Não faz nada. Simplesmente observa tudo ou lê os classificados, procurando aquele emprego ilusório.
No sábado à noite, mal consigo dormir.
Durante todo o domingo, fico andando sem rumo. Mal consigo comer.
Como na semana passada, Perry vem pegar a gente, mas, dessa vez, leva para Glebe, bem no fim.
Tudo do mesmo jeito.
O mesmo tipo de multidão.
Os mesmos caras, as mesmas louras, o mesmo cheiro.

O mesmo medo.

O armazém é velho e range, e a sala em que ficamos sentados está quase caindo aos pedaços.

Antes de as portas se abrirem com violência, Rube me recorda.

— Lembra de uma coisa. Ou esse outro cara mata você ou o Perry vai matar. Se eu fosse você, saberia quem preferia que fosse.

Faço que sim com a cabeça.

As portas.

Estão abertas.

Perry grita de novo e, após um último suspiro profundo, entro pela multidão. Meu adversário me espera, mas, hoje, nem olho para ele. Não no início. Não na hora da conversa com o juiz, antes da luta. Nenhuma vez.

A primeira vez que o vejo é quando ele está na minha cara.

Ele é mais alto.

Ele tem uma barbicha.

Ele dá socos lentos, mas fortes.

Eu me abaixo e desvio, saio do caminho.

Sem suspense agora.

Sem adivinhação.

Levo um soco no ombro e revido. Abro a guarda dele e tento acertar seu rosto. Erro. Mais uma vez. Erro.

BOM DE BRIGA

Primeiro, a mão gigante dele parece me balançar, depois, acerta o meu queixo. Revido o golpe, nas costelas.

— Assim que se faz, Cam! — ouço o Rube gritar, e, quando o round acaba, ele sorri para mim. — Round empatado — diz. — Você pode derrubar esse palhaço com facilidade. — E até começa a rir. — Imagina você lutando comigo.

— Boa ideia.
— Você tem medo de mim?
— Um pouco.
— Então, só bata nele.

Ele me dá um último gole, e vou para o segundo round.

Dessa vez, é a multidão que se esquiva. A voz das pessoas se eleva até as cordas e me envolve. Quando estou na lona, desce sobre mim como um rio, me fazendo levantar.

Nada acontece no terceiro round. Nós dois ficamos agarrados e trocamos socos nas costelas. Eu o acerto em cheio uma vez, mas ele ri de mim.

No início do quarto round, ele fala uma coisa para mim. Diz:

— Ei, transei com a sua mãe na noite passada. Ela é bem vadia. Bem safada. — É nessa hora que decido que tenho que vencer. Na minha mente, tem uma imagem da minha mãe, a sra. Wolfe, trabalhando. Morrendo de cansaço, mas ainda trabalhando. Por nós. Não perco a cabeça nem o controle, mas fico mais intenso. Estou mais paciente e, quando tenho a chance, acerto três bons socos no rosto dele. Quando o gongo soa indicando o fim do round, não paro de bater.

— O que diabos deu em você? — Rube dá uma risada no nosso corner.

Respondo:

— Fiquei com fome.

— Bom.

No quinto round, caio duas vezes, e o cara que chamam de Joe "Trovão" Ross cai uma vez. Sempre que eu beijo a lona, a multidão grita para que eu me levante, e, quando o gongo soa e anunciam a decisão, as pessoas batem palmas e jogam moedas no meu corner. Perry recolhe todas.

Perdi a luta, mas lutei bem.

Fiquei de pé.

É tudo que tinha que fazer.

— Toma. — Perry me dá cada centavo, quando chegamos ao vestiário. — Vinte e duas pratas e oitenta centavos. É uma boa gorjeta. A maior parte dos perdedores fica satisfeita com quinze ou vinte pratas.

— Ele não é um perdedor.

É a voz do Rube, de pé atrás de mim.

BOM DE BRIGA

— Como queira. — Perry concorda (sem se importar se é verdade ou não) e sai.

Quando chega a hora da luta do Rube, a multidão está ligada. Os olhos estão colados nele, observando cada movimento, cada gesto, cada detalhe que possa indicar o que ouviram sobre ele. Correu rápido a notícia de que Perry Cole arrumou um novo matador, e todo mundo quer vê-lo. Não veem muita coisa.

A luta começa com um tremendo gancho de esquerda.

O sujeito cola nas cordas e o Rube continua. Dá uma surra no cara. Não para de bater. As mãos dele acertam as costelas. Ganchos em sequência. No meio do round, acaba.

— Levanta! — gritam as pessoas, mas o cara simplesmente não consegue. Mal consegue se mexer.

Rube fica parado lá.

Acima dele.

Não sorri.

A multidão vê o sangue, sente o cheiro. eles veem os olhos em brasa do Rube. Ruben "Bom de Briga" Wolfe. É um nome que vão ouvir por aqui durante um bom tempo.

Mais uma vez, quando ele desce do ringue, as pessoas o cercam.

Homens bêbados.

Mulheres excitadas.

Todos se esfregam nele. Todos tentam tocá-lo, e Rube continua do mesmo jeito. Passa direto por eles, sorrindo por obrigação e agradecendo, mas sem perder a concentração no rosto.

Sentado na sala, me diz:

— Fomos bem hoje, Cam.

— É, fomos, sim.

Perry dá cinquenta para ele.

— Não tem gorjeta para o vencedor — diz. — De um jeito ou de outro, ele fica com cinquenta.

— Sem problema.

Quando o Rube se levanta e vai até o banheiro, Perry e eu trocamos algumas palavras.

— Eles adoram o seu irmão — explica. — Foi como eu pensei. — Uma pausa. — Você sabe por quê?

— Sei. — Faço que sim com a cabeça.

Ele me diz, de qualquer forma.

— É porque ele é alto, tem boa aparência e sabe lutar. E está com fome. É disso que mais gostam. — Sorri. — As mulheres lá fora estão implorando para eu dizer onde o encontrei. Adoram caras como o Rube.

— Era de se esperar.

Do lado de fora, quando saímos, tem uma coisinha loura andando por ali.

— Oi, Ruben. — Ela se aproxima na ponta dos pés.
— Gosto do jeito que você luta.

Continuamos andando e ela nos acompanha, e seu braço toca de leve o dele. Enquanto isso, eu a observo. Inteira.

Olhos, pernas, cabelo, pescoço, hálito, sobrancelhas, peitos, tornozelos, o zíper na frente, a blusa, os botões, brincos, braços, dedos, mãos, coração, boca, dentes e lábios.

Ela é maravilhosa.

Maravilhosa, burra e idiota.

Então, fico chocado.

Chocado porque meu irmão para de andar, e eles trocam olhares. Em seguida, ela está com a boca na dele. Engolindo os lábios dele. Estão apoiados contra a parede. Garota, Rube, parede. Colados um no outro. Se fundindo. Ele a beija com vontade durante um tempo. Língua para fora, mãos por toda parte.

Então, ele para e se afasta.

Rube continua andando e diz:

— Valeu, gatinha.

— Ei, Rube. Está acordado de novo?
— Como sempre. Você nunca cala a boca de noite?
— Não, ultimamente.
— Bem, acho que você tem uma desculpa desta vez. Você lutou muito bem.
— Onde vai ser a próxima?
— Ashfield, acho, depois, Helensburgh.
— Rube?
— O que foi agora?
— Por que você não ficou com o quarto do Steve?
— Por que você não ficou?
— Por que a Sarah não ficou?
— Acho que a mamãe quer transformá-lo num escritório, para fazer as contas da casa e esse tipo de coisa. Pelo menos, foi isso que disse.

Digo:
— E não seria certo, acho.

O porão é o quarto do Steve e sempre será. Ele se mudou, mas o restante da família Wolfe fica onde está. Precisa ficar. Sinto isso no ar empoeirado da noite, e provo seu gosto.

Também tenho outra pergunta.

Não pergunto.

Não consigo arrumar coragem.

É sobre a garota.

Penso, mas não pergunto.

Tem coisas que você simplesmente não pergunta.

10

Treinamos, lutamos e continuamos treinando, e consigo a minha primeira vitória. É em Helensburgh, contra um fortão, que fica me chamando de caubói.

"É só isso que você sabe fazer, caubói?"

"Você bate igualzinho à minha mãe, caubói."

Esse tipo de coisa.

Eu o derrubo uma vez no terceiro round e duas vezes no quinto. Venço por pontos. Cinquenta dólares e, mais importante, uma vitória. Um gostinho de vitória para o azarão. A sensação é ótima, especialmente no fim, quando o Rube sorri para mim e eu retribuo o sorriso.

— Estou orgulhoso de você.

É o que ele me diz depois, no vestiário, antes de voltar a se concentrar.

Mais tarde, ele me preocupa.

Ele... não sei.

Percebo uma mudança proposital no meu irmão. Está mais durão. Ele tem um interruptor e, assim que a luta se aproxima, o aperta e deixa de ser o meu irmão

Rube É uma máquina. É um Steve, mas diferente. Mais violento. Steve é um vencedor porque sempre foi um vencedor. Rube é um vencedor porque quer bater até o perdedor sair de dentro dele. Steve *sabe* que é um vencedor, mas acho que o Rube ainda está tentando provar isso para si mesmo. Ele é mais cruel, mais intenso e está disposto a bater até que todas as derrotas desapareçam da sua frente.

Ele é o Ruben "Bom de Briga" Wolfe.

Ou será que, na verdade, está *brigando* com o Ruben Wolfe?

Dentro dele.

Pondo-se à prova.

Para si mesmo.

Não sei.

Está em cada olho.

A pergunta.

Cada respiração.

Quem está brigando com quem?

Cada esperança.

Hoje à noite, no ringue, ele trucida o adversário. Desde o início, parece que o outro cara nem está lá. Rube controla todos eles. Seu desejo é cruel, e seus punhos são rápidos. Sempre que o adversário cai, Rube fica de pé sobre ele e diz:

— Levanta.

BOM DE BRIGA

De novo.

— Levanta.

Na terceira, ele não consegue.

Dessa vez, Rube grita para ele.

— Levanta, garoto!

Ele se encosta na parte acolchoada do corner e chuta com força, antes de sair dali.

No vestiário, não olha para mim. Diz palavras que não se dirigem a ninguém. Fala:

— Mais um, é isso aí. Dois rounds e vai pro chão.

Mais mulheres gostam dele.

Eu as vejo observando Rube.

São jovens e vulgares e bonitas. Gostam dos caras durões, mesmo que caras assim costumem maltratá-las. Fico imaginando que algumas mulheres também são seres humanos. Algumas vezes, são tolas como a gente. Parecem gostar um pouco dos caras maus.

Mas será que o Rube é mau?, é o que me pergunto.

É uma boa pergunta.

Ele é meu irmão.

Talvez isso seja tudo que sei.

Conforme as semanas passam por nós, ele luta e vence e nem se preocupa em raspar a barba. Ele aparece e vence. Aparece e vence. Sorri apenas quando *eu* luto bem.

Markus Zusak

Na escola, o ar ao redor dele é diferente. As pessoas o conhecem. Elas o reconhecem. Sabem que ele é durão e ouviram falar dele. Sabem que luta à noite, mas nenhuma delas sabe que eu luto. Melhor assim, acho. Se me vissem lutar, só dariam risadas. Eu seria um mero coadjuvante. Diriam: "Vai ver os Wolfe lutarem, cara." O mais novo, sei lá qual é o nome dele, é uma piada, mas o Rube luta como se não houvesse amanhã."

— É só fofoca — diz o Rube para as pessoas. — Não luto em lugar nenhum, só no quintal. — Ele mente bem. — Dá uma olhada nos machucados do meu irmão. A gente luta o tempo todo em casa, mas é só isso. Nada além disso.

Numa manhã de sábado mais fria que o normal, mas sem nuvens, saímos para correr. O sol mal nasceu e, ao corrermos, avistamos uns caras que acabam de chegar em casa. Estiveram fora a noite toda.

— Ei, Rubey! — grita um deles.

É um velho amigo do Rube, que se chama Cheese. (Bem, pelo menos, o apelido é Cheese. Acho que ninguém sabe o verdadeiro nome dele.) Está parado na calçada da Central Station com uma abóbora gigante debaixo do braço.

— Oi, Cheeser. — Rube levanta a cabeça. Vamos até ele. — O que você tem feito ultimamente?

— Ah, nada demais. Só vivendo de porre. Depois que eu saí da escola, tudo que faço é trabalhar e beber.

— Sério?

— É bom, cara.

— Tá se divertindo?

— Adorando cada minuto.

— É isso que eu gosto de ouvir. — Mas a verdade é que o meu irmão não liga. Coça a barba de dois dias. — Então, qual é o lance da abóbora?

— Ouvi por aí que você é tipo um lutador agora.

— Que nada, só luto no quintal. — Rube se lembra de algo. — Você, mais do que ninguém, devia saber disso.

— É, cara, eu sei. — Cheese costumava ficar no nosso quintal, às vezes, quando pegávamos as luvas de boxe. Ele lembra que está segurando a abóbora. E volta a falar dela. — Achei num beco, e a gente vai jogar futebol americano com ela. — Seus colegas chegam mais perto, e ficam ao nosso redor.

— Por aqui, Cheese? — perguntam.

— Com certeza. — E dá um belo chute na abóbora no meio da calçada. Alguém vai atrás e volta correndo com ela.

— Para esse cara! — grita outro dos rapazes, e começa. Os times se dividem rapidamente, alguém agarra o cara, e pedaços de abóbora saem voando para todo lado.

Markus Zusak

— Rube! — chamo.

Ele dá um passe.

Deixo a bola cair.

— Ah, seu inútil de uma figa! — Cheese dá risada. Será que as pessoas ainda usam palavras assim? É o tipo de palavra que o avô de alguém usaria. De qualquer maneira, supero a decepção derrubando o cara seguinte no concreto.

Uma mendiga cheia de sacolas passa por nós, procurando alguma coisa para comer no café da manhã.

Depois, alguns casais saem do caminho.

A abóbora se partiu na metade. Continuamos com uma delas, e a outra fica amassada contra a parede, debaixo do caixa eletrônico.

Acertam o Rube.

Acertam.

Todo mundo se arrebenta, e, ao nosso redor, tem um fedor de suor, abóbora crua e cerveja.

— Vocês estão fedendo — diz Rube ao Cheese.

— Ora, muito obrigado — responde Cheese.

Continuamos jogando até a abóbora ficar do tamanho de uma bola de golfe. É nessa hora que os policiais aparecem.

Um homem e uma mulher caminham na nossa direção, sorrindo.

BOM DE BRIGA

— Garotos — começa o policial. — Está tudo bem?
— Gary cuzão! — chama o Rube. — O que *você* está fazendo aqui?

É, você adivinhou. Os policiais são os caras da corrida de cachorro. Gary, o policial corrupto, que faz apostas, e Cassy, a policial morena e maravilhosa.

— Ahhh, *você*! — O policial dá uma risada. — Tem ido lá na pista?
— Não — responde o Rube. — Tenho andado meio ocupado.

Cassy dá uma cotovelada em Gary.
Ele faz uma pausa.
Lembra.
O trabalho.
— Bem, rapazes — começa, e todos nós sabemos o que vai dizer —, vocês sabem que não podem fazer esse tipo de coisa. Tem abóbora por toda parte e, quando o sol bater nela, vai feder feito as botas do meu coroa.

Silêncio.
Então, alguns "valeu".
"Valeu isso", "valeu aquilo", e um "valeu, acho que você tá certo".
Mas ninguém entende, não de verdade.
Ninguém liga.
Eu estou errado.

Eu estou errado porque me vejo dando um passo à frente, dizendo, "Tá certo, Gary, entendi", e começo a catar os pedaços de abóbora. Em silêncio, Rube me acompanha. Os outros, bêbados, só observam. Cheese ajuda um pouco, mas os outros não fazem coisa alguma. Estão chocados demais. Bêbados demais. Ofegantes demais. Doidões demais.

— Muito obrigado — dizem Gary e Cassy quando terminamos e os nossos amigos bêbados já estão indo embora.

— Acho que ia adorar enfiar a porrada em alguns caras — comenta o Rube. Diz essas palavras sem pensar, mas com violência. Como se fosse fazer isso, se os policiais virassem as costas por um instante.

Gary olha para ele.

Algumas vezes.

Ele percebe.

Ele comenta.

— Você mudou, cara. O que foi que aconteceu?

Tudo que o Rube diz é:

— Não sei.

Nem eu.

É uma conversa comigo mesmo, na Central Station. Acontece na minha mente, enquanto o Rube e o guarda conversam mais um pouco.
É assim:
— Ei, Cameron.
— O que foi?
— Por que, de repente, ele está assustando você?
— Ele está cruel agora e, mesmo quando sorri e dá risada, para rápido e volta a se concentrar.
— Talvez ele só queira ser alguém.
— Talvez ele queira matar alguém.
— Agora você está bancando o idiota.
— Tá certo.
— Talvez ele só esteja cansado de perder e nunca mais queira se sentir assim.
— Ou talvez ele é que esteja com medo.
— Talvez.
— Mas medo de quê?
— Não sei. Do que um vencedor pode ter medo?
— De perder?
— Não. É mais do que isso. Dá pra ver...
— De qualquer forma, a Cassy está maravilhosa, não é?
— Com certeza...
— ... mas medo de quê?
— Já te disse. Não sei.

11

Só sei que sinto um tipo novo de medo.

Sabe quando os cães choramingam porque estão com medo, como quando uma tempestade se aproxima? Bem, estou com vontade de fazer isso agora mesmo. Estou com vontade de fazer perguntas, em desespero.

Quando isso aconteceu?
Como isso aconteceu?
Por que ele mudou tão rápido?
Por que não fico feliz por ele?
Por que isso me assusta?
E por que não consigo definir exatamente o que é?

Todas essas perguntas passam por mim, me corroendo aos poucos. Passam por mim durante as lutas seguintes do meu irmão. Todas nocautes. Passam por mim cada vez que ele fica de pé sobre o adversário, dizendo para ele levantar, e quando as pessoas tocam nele para poder ficar com um pedacinho da sua grandiosidade. Faço as mesmas perguntas no vestiário, em meio ao cheiro de óleo de massagem, luvas de boxe e suor. Faço as perguntas ao ver o Rube ficando com uma universitária de 19 anos, atrás do abatedouro, em Maroubra, antes de se afastar dela (sem olhar para trás). Depois, com uma garota diferente. E mais outra vez. Faço essas perguntas em casa quando jantamos, com a mamãe servindo mais sopa, Sarah comendo com educação, e o papai engolindo o fracasso junto com a refeição. Enfiando na boca. Mastigando. Sentindo o gosto. Engolindo. Digerindo. Se acostumando com ele. Faço as perguntas quando a Sarah e eu corremos para tirar a roupa do varal. ("Droga", grita ela. "Está chovendo! Ei, Cam! Vem ajudar a gente a tirar a roupa do varal!" Imagina que lindo, nós dois correndo lá para fora e tirando tudo do varal, sem ligar se são trapos, desde que estejam secos.) Até faço essas perguntas quando cheiro minhas meias para ver se aguentam mais um dia ou se tenho que lavar da próxima vez que tomar banho. Faço as perguntas quando visito o Steve na casa nova, e ele me oferece uma xícara de café preto e uma conversa amigável e sossegada.

Finalmente, alguém chega para me ajudar um pouco.

É a sra. Wolfe, que, graças a Deus, também tem suas próprias perguntas. A melhor coisa nessa história é que, talvez, ela possa arrancar alguma coisa do Rube para me ajudar a entendê-lo melhor. Além disso, ela escolheu uma noite na semana em que venci a última luta, então, não tenho machucados pelo corpo.

É uma quarta à noite, e o Rube e eu sentamos na varanda da frente com o Miffy, afagando-o depois do passeio. O pequeno cão maravilha adora receber atenção no velho banco. Ele rola de barriga para cima quando Rube e eu fazemos carinho e rimos das presas e patas ridículas e pequenas.

— Ah, Miffy! — Rube suspira, e é a sombra das antigas palavras dele para o cão, quando a gente costumava pegá-lo para passear. Agora ele só dá risada com alguma coisa no interior da voz em sua garganta.

O que é?

Arrependimento?

Remorso?

Raiva?

Não sei, mas a sra. Wolfe, ela também percebe, e agora se juntou a nós, na varanda da frente, sob a tênue luz fria.

Eu amo a sra. Wolfe.

Tenho que dizer isso a você agora mesmo.

Eu amo a sra. Wolfe porque ela é incrível e é um gênio, mesmo com aquela comida terrivelmente opressiva. Eu a amo porque ela luta pra caramba. Luta melhor que o Rube. O próprio Rube vai dizer isso a você, embora a luta dela não tenha nada a ver com punhos. Mas tenha tudo a ver com sangue...

Suas palavras hoje à noite são estas.

— E aí, garotos? Por que vocês sempre voltam para casa tão tarde aos domingos? — Ela sorri, solitária. — Eu sei que até pouco tempo atrás vocês iam pra pista de corrida de cachorros. Vocês sabem disso, não é?

Olho para ela.

— Como foi que você descobriu?

— A sra. Craddock — confessa ela.

— Maldita Craddock! — grito. A sra. Craddock, uma vizinha nossa, sempre estava na pista de corrida de cachorros, mastigando um cachorro-quente com a dentadura e tomando cervejas Carlton Cold como se não houvesse amanhã. Sem falar nos cigarros Long Beach 25, que ela fumava feito uma condenada.

— Esqueçam os cachorros. — Mamãe suspira.

Ela fala.

Nós ouvimos.

Nós temos que ouvir.

Quando se ama e respeita alguém, você escuta.

— Bem, eu sei que as coisas estão difíceis no momento, rapazes, mas me façam um favor e voltem para casa numa hora decente. Tentem chegar aqui antes de escurecer.

Markus Zusak

Eu não resisto.

— Tá certo, mãe.

O Rube não.

Responde curto e grosso:

— Estamos indo à academia. No domingo à tarde é mais barato, e dá pra aprender boxe.

Boxe.

Boa, Rube.

Sabemos como a mamãe se sente em relação ao boxe.

— É isso que vocês querem fazer? — pergunta, e o tom de voz baixo é uma surpresa. Acho que ela sabe que não dá para nos impedir. Ela sabe que o único modo é nos deixar descobrir. Ela continua falando e termina com duas palavras: — Boxe? Sério?

— É seguro. Tem gente supervisionando e tomando conta. Não é como a gente fazia no quintal. Nada daquela bobagem com uma das mãos.

O que não é mentira. Sim, as lutas *são* supervisionadas e tem gente tomando conta, mas quem são? É engraçado como verdade e mentira podem ter a mesma aparência. E têm camisa de flanela, tênis, jeans e a boca do Ruben Wolfe.

— Só tomem conta um do outro.

— Vamos tomar. — E sorrio para a sra. Wolfe porque quero que ela pense que está tudo bem. Quero que vá trabalhar sem se preocupar com a gente. Ela merece isso, pelo menos.

Rube diz um "Tá certo" para ela.

— Bom.

— Vamos tentar voltar mais rápido — continua, antes de a mamãe voltar para dentro de casa. Primeiro, ela faz um carinho no Miffy por algum tempo, passando os dedos secos no pelo fofinho e macio do nosso amigo.

— Olha só esse cachorro — digo, quando ela se afasta. Só para dizer alguma coisa. Qualquer coisa.

— O que que tem?

Estou perdido e não tenho certeza do que dizer.

— Acho que a gente tem que gostar dele, isso sim.

— E do que adianta gostar? — Rube olha para a rua. — Não adianta nada.

— E odiar adianta?

— E o que é que tem pra gente odiar? — Agora ele está rindo.

A verdade é que tem muita coisa para odiar e muita para amar.

Amar.

As pessoas.

Markus Zusak

Odiar.

A situação.

Atrás de nós, ouvimos a mamãe arrumando a cozinha. Nos viramos e vemos a silhueta do nosso pai ajudando. Vemos papai dar um beijo na bochecha dela.

Ele está desempregado.

Ele ainda a ama.

Ela o ama.

Olhando isso, vejo o monte de lutas que o Rube e eu tivemos dentro de armazéns e abatedouros. Não são nada. Nada, decidido, em comparação. Tem também uma visão da Sarah, fazendo hora extra (como se sabe que ela tem feito ultimamente), ou mesmo assistindo à TV ou lendo. Tem até uma visão do Steve, lá fora, sozinho, vivendo. No entanto, a maioria das visões é da mamãe e do papai. O sr. e a sra. Wolfe.

Penso no Ruben "Bom de Briga" Wolfe.

Penso em brigar com o Ruben Wolfe.

Por dentro.

Penso em encontrar o Ruben Wolfe...

Penso nas lutas que as pessoas sabem que vão ganhar, nas lutas que elas sabem que vão perder e nas lutas em que elas simplesmente não sabem o que vai acontecer. Penso nas lutas no meio disso tudo.

Agora sou eu que fito a rua.
Eu falo.
Converso.
Digo.
Eu digo:
— Não perca o seu coração, Rube.
E, com uma voz bem clara, sem se mexer, meu irmão me responde.
Ele diz:
— Não estou tentando perder, Cam. Estou tentando encontrar.

Esta noite não tem nada.
    Não tem "Ei, Rube, tá acordado?"
    Nem "Claro que estou, porra!"
    Só tem o silêncio.
    O silêncio, o Rube e eu.
    E a escuridão.
    Mas ele está acordado. Posso sentir isso. Dá para perceber, fora do alcance da minha visão.
    Não tem vozes vindo da cozinha.
    Não tem mundo além deste.
    Deste quarto.
    Deste ar.
    Desta concentr-ação.

12

Meio dormindo e meio acordado no sábado de manhã, estou sonhando com mulheres, carne e lutas.

As primeiras me dão medo.

A segunda me deixa agitado.

As terceiras me dão mais medo ainda.

Meu cobertor me cobre. Só meu focinho humano fica de fora, me permitindo respirar.

— Vamos sair pra correr? — pergunto para o Rube.

Será que ainda está dormindo?

— Rube?

Uma resposta.

— Ah, hoje não.

Bom, penso. *Debaixo deste cobertor existe muito medo, está bem quentinho aqui embaixo. Além disso, acho que descansar um pouco não seria nada mau.*

— Mas eu quero treinar um pouco depois — continua ele. — Treinar um pouco o jab. Vamos lutar Um Soco mais tarde, no quintal?

Markus Zusak

— Pensei que a gente tivesse acabado com isso. Como você falou pra mamãe.

— Bem, não acabamos. Mudei de ideia. — Ele vira para o lado, mas continua falando. — Você podia treinar um pouco o jab também, sabe. — Ele tem razão.

— Está bem.

— Então para de reclamar.

— Eu não ligo. — É a verdade. — De qualquer forma, vai ser engraçado. Como nos velhos tempos.

— Com certeza.

— Bom.

Voltamos a dormir; para mim, significa voltar à carne, às lutas e às mulheres. *O Rube volta para o quê?* É o que imagino.

Depois que a gente levanta e o dia passa, a mamãe, o papai e a Sarah vão ao apartamento do Steve, para ver como ele está. É nossa chance de ouro para treinar. Aproveitamos.

Como sempre fazemos, vamos até o vizinho e pegamos o Miffy.

Do degrau na parte de trás, o cachorro ergue os olhos até nós. Lambe os beiços.

Damos a volta no quintal.

Rube me acerta, mas eu revido. Ele acerta mais socos do que eu, mas, mais ou menos a cada dois socos que o Rube dá, eu revido. Ele se sente um pouco frustrado.

Quando fazemos um intervalo, diz:

— Tenho que ser mais rápido. Mais rápido depois de dar o jab. Mais rápido para bloquear.

— É, mas o que acontece nas suas lutas — digo a ele — é que você dá um soco ou dois, em seguida, dá um direto de esquerda. A sua esquerda é mais rápida que o contragolpe.

— Eu sei, mas e se eu lutar com alguém que tenha realmente um bom contragolpe? Aí eu vou ficar encrencado.

— Duvido.

— Sério?

A partir dali, treinamos mais e trocamos as luvas para nos divertirmos um pouco. De volta aos velhos tempos, com certeza. Cada um com uma luva, traçando círculos no quintal, dando socos. Sorrindo ao bater. Sorrindo ao apanhar. Não exageramos na dose porque nós dois temos que lutar amanhã, por isso, não tem machucados nem sangue. *É engraçado*, penso, quando fico agachado e observo o Rube, que também se agacha com aquela expressão no rosto. Apenas satisfeito. *É engraçado. Quando lutamos com uma das mãos, no nosso quintal, é quando me sinto mais próximo do meu irmão. É quando sinto com mais força que somos irmãos e sempre seremos.* Sinto isso ao observá-lo, e, quando ele me dá um breve sorriso de Ruben Wolfe, Miffy se atira sobre ele e Rube finge lutar com o cachorro, deixando que se enrole na luva solitária.

— Miffy idiota. — Dá um meio sorriso. E tem os olhares.

Mais tarde, o ritmo volta ao que se tornou habitual.

Estamos sentados no nosso quarto, e o Rube puxa para cima o canto estragado do tapete, perto da minha cama. Em um envelope, o dinheiro dele. No outro, o meu. O envelope do Rube tem 350 dólares, o meu tem uns 160. Rube venceu sete lutas em sete; meu dinheiro vem de duas vitórias e o resto das gorjetas.

Rube se senta na cama e conta o dinheiro.

— Tudo aí? — pergunto.

— Por que não estaria?

— Só estou perguntando, porra!

Ele me encara.

Pensando nisso, na verdade é a primeira vez em um bom tempo que um de nós ergueu a voz, realmente irritado com o outro. A gente fazia isso o tempo todo. Era normal. Quase engraçado. Um acontecimento rotineiro. Hoje, porém, é como uma bala enterrada bem fundo na carne da nossa fraternidade. É uma bala de dúvida – uma bala do que não sabemos.

Do outro lado da janela, a cidade conta os segundos, enquanto ficamos sentados lá, em silêncio.

Um... dois... três... quatro...

Mais palavras surgem.

Pertencem ao Rube.

Ele diz:

– Os cachorros correm hoje?

– É, acho que sim. Sábado, dia oito. Sim, é hoje.

– Quer ir lá?

– Claro! Por que não? – Sorrio. – Podíamos encontrar aqueles policiais por lá e dar umas risadas.

– É, aqueles dois são legais.

Pego os trocados das gorjetas e jogo na direção do Rube.

– Valeu.

Ponho dez pratas no bolso do meu casaco.

– Sem problema.

Calçamos os tênis e saímos de casa. Escrevemos um bilhete dizendo que voltaremos antes de escurecer e deixamos na mesa da cozinha. Está perto do *Herald*. Aquele jornal – fica lá, aberto na seção de empregos. Fica lá como se fosse uma guerra, e cada pequeno anúncio é outra trincheira na qual uma pessoa deve se jogar. Para torcer e lutar.

Markus Zusak

Nós olhamos para o jornal.

Nós paramos.

Nós sabemos.

Rube toma um pouco de leite direto da embalagem, põe de volta na geladeira, e saímos, deixando a guerra em cima da mesa, junto com o bilhete.

No lado de fora, andamos.

Passamos pela porta da frente e pelo portão.

Usamos as roupas de sempre. Jeans, camisa de flanela, tênis e casaco. O casaco do Rube é de veludo cotelê. É marrom, velho e ridículo, mas, como sempre, fica incrível nele. Estou usando o meu agasalho preto, e eu diria que estou bem. Ou, pelo menos, espero. Por aí, de qualquer forma.

Andamos, e o cheiro da rua é forte. Avança em mim, e eu aproveito. Os edifícios da cidade ao longe parecem sustentar o céu, que é azul e claro, e meus passos e os do Rube vão na direção dele. A gente se cansava durante a caminhada ou se arrastava pela rua feito cães que acabaram de fazer alguma coisa errada. Agora o Rube anda ereto, porque está no ataque.

Chegamos à pista de corrida lá pela uma da tarde.

– Olha. – Aponto. – É a sra. Craddock.

Como já era de se esperar, ela está sentada na arquibancada, segurando um cachorro-quente numa das mãos e equilibrando uma lata de cerveja e um cigarro na outra. A fumaça a encobre, dividindo-a ao meio.

— Olá, garotos — diz para nós, enfiando o cigarro na boca. Ou será que ela vai tentar tomar a cerveja de canudinho? Seu cabelo é grisalho e castanho, está com batom roxo, e usa um vestido velho e tanga, e franze o nariz. Ela é enorme. Uma mulher enorme.

— Olá, sra. Craddock — cumprimentamos. (Era a cerveja que ela queria e, *depois*, uma tragada.) Como vai?

— Muitíssimo bem, obrigada. Nada melhor que passar um dia com os cães.

— Com certeza. — Mas estou pensando, *Que seja, coisa linda.* — Quem a senhora acha que ganha na próxima corrida?

Ela sorri.

Ai, meu Deus. Não é nada bonito. A dentadura...

— Número Dois — aconselha ela. — Domingo Pêssego.

Domingo Pêssego. Domingo Pêssego? Que tipo de pessoa chama um galgo de Domingo Pêssego? Devia se juntar a quem chamou o outro cachorro de Seu Filho da Mãe.

— Ela sabe galopar? — pergunto.

— Quem galopa é cavalo, meu amor — responde a Craddock. Viu como ela é irritante? Será que realmente pensa que *eu* acredito que estou na pista de corrida de cavalos? — Além disso, é ele.

— E então? — pergunta o Rube. — É cem por cento garantido?

— Tanto quanto eu estar sentada aqui.

— Bem, com certeza, ela está sentada aqui. — Rube me dá uma cotovelada no caminho. — Todos os cento e quarenta quilos dela.

Nós nos viramos e damos tchau.

Eu: — Tchau, sra. Craddock.

Rube: — É. Nos vemos depois. Valeu pela dica.

Olhamos ao redor. Nossos amigos policiais não estão aqui, então, temos que caçar outra pessoa para fazer a aposta. Não vai ser difícil. Uma voz chega até nós.

— Olá, lobinhos!

É o Perry Cole, segurando a cerveja de sempre e com o mesmo sorriso. — O que uma dupla de jovens de respeito como vocês está fazendo por aqui?

— Fazendo umas apostas — responde o Rube. — Você pode apostar por nós?

— Claro.

— Corrida três, número dois.

BOM DE BRIGA

— Tá certo.

Ele faz a aposta, e descemos para a parte ensolarada da arquibancada, onde Perry se senta com um grupo grande. Ele nos apresenta, conta a todos que somos matadores (ou, pelo menos, que o Rube é), e nós observamos. Tem umas garotas e uns caras feios ali, mas também tem algumas garotas bonitas. Uma delas é da nossa idade e linda. Cabelo escuro, cortado curto. Olhos de céu. Ela é magra e sorri para nós, educada e tímida.

— Esta é a Stephanie — apresenta Perry, enquanto vai dizendo os nomes. O rosto dela é bronzeado e doce. A nuca e o pescoço são macios, e ela usa uma camiseta azul-clara, uma pulseira e um jeans velho. Também está de tênis, como nós. Observo seus braços e seus pulsos e suas mãos e seus dedos. São femininos, belos e delicados. Sem anéis. Só a pulseira.

Todas as outras pessoas estão conversando, atrás de nós.

Então, onde você mora?, pergunto para mim mesmo. Não digo nem uma palavra.

— Então, onde você mora? — pergunta Rube para ela, mas sua voz está muito diferente da voz que eu teria usado. A voz dele só fala por falar. Não é para ser legal.

— Glebe.

— Lugar bacana.

Quanto a mim, não digo nada.

Só olho para ela, para a boca e os dentes brancos e alinhados, quando fala. Observo a brisa passar os dedos pelo seu cabelo. E respirar em seu pescoço. Até vejo o ar entrar em sua boca. Indo até os pulmões, depois saindo...

Ela e o Rube conversam sobre as coisas de sempre. Escola. Casa. Amigos. Que bandas viram recentemente — Rube não viu nenhuma. Ele simplesmente inventa.

Eu?

Nunca teria mentido para ela.

Juro.

"Vai!"

Todos estão gritando, quando soltam os cachorros e eles partem ao redor da pista.

— Vai, Domingo Pêssego!

Rube fica de pé e grita com o restante das pessoas.

— Vai, Dominguinho! Vai, filho!

Quando ele faz isso, dou uma olhada em Stephanie. Domingo Pêssego não me importa mais, nem quando ganha por dois corpos, e o Rube me dá um tapinha nas costas, e o Perry dá um tapinha nas costas de nós *dois*.

— A velha Craddock estava certa, afinal, hein?! — grita Rube para mim e, sem graça, dou um sorriso.

BOM DE BRIGA

A Stephanie também sorri para nós dois. Acabamos de ganhar 65 dólares. Nossa primeira vitória de verdade nas pistas. Perry pega o dinheiro para nós.

Decidimos parar no lucro e só ficamos assistindo pelo resto da tarde, até as sombras se tornarem compridas e finas. Quando a multidão se dispersa depois da última corrida, Perry nos convida para ir à casa dele, para o que chama de "comes, bebes e do que mais vocês precisarem".

— Não, obrigado. — É o Rube. — Temos que voltar para casa.

Nesse momento, Steph conversa com uma garota mais velha, que imagino ser sua irmã. Conversam, depois se separam, e a Steph fica sozinha.

Ao sair no portão, dou uma olhada nela e digo ao Rube:

— A gente não devia acompanhá-la ou algo assim? Sabe como é, ter certeza de que não vai ser atacada no caminho de casa. Tem uns caras bem esquisitos por aqui.

— Temos que voltar para casa antes de escurecer.

— Eu sei, mas...

— Olha, vai você, se quiser — sugere ele. — Vou dizer à mamãe que você vai se atrasar um pouco. Que passou na casa de um amigo.

Paro.

— Vai — diz —, decide logo.

Faço uma pausa, dou um passo à frente, volto atrás. Decido.

Atravesso a rua, e, quando me viro para ver onde o Rube está, ele já se foi. Não o vejo em parte alguma. Steph está andando à minha frente. Eu a alcanço.

— Oi. — Palavras. *Mais palavras*, digo a mim mesmo. *Tenho que dizer mais palavras.* — Oi, Steph, posso ir com você? — *Para ter certeza de que vai chegar bem*, penso, mas não falo. Não é uma coisa que eu diria. Só posso esperar que ela entenda o que quero dizer.

— Está bem — responde. — Mas não fica meio longe da sua casa?

— Ah, não muito.

Escurece, e não tem mais palavras. É só que não tenho ideia do que dizer ou sobre o que conversar. A única coisa que faz barulho são as batidas do meu coração, deslocando-se pelo corpo enquanto andamos. Caminhamos devagar. Olho para ela. Ela olha para mim umas poucas vezes também. Caramba, ela é linda. Vejo sob a luz dos postes: um mundo de céu em cada olho, as ondas curtas e escuras do cabelo e a pele bronzeada.

Está frio.

Meu Deus, ela deve estar com frio, e tiro o casaco e ofereço a ela. Sem dizer nada. Só com a expressão do rosto, pedindo que ela aceite. Ela aceita e diz "obrigada".

No portão, pergunta:
— Você quer entrar? Pode beber alguma coisa.
— Ah, não — explico. Silêncio. Silêncio demais! — Tenho que voltar para casa. Bem que queria.
Ela sorri.
Ela sorri e tira o casaco. Quando me devolve, queria poder tocar nos dedos dela. Queria poder beijar sua mão. Queria poder sentir a sua boca.
— Obrigada — repete, e, ao dar meia-volta e caminhar para a porta da frente, só fico parado, olhando para ela. Observo tudo. O cabelo, o pescoço, os ombros. As costas. O jeans e as pernas, andando. As mãos de novo, a pulseira e os dedos. Depois, o último sorriso dela ao dizer:
— Ei, Cameron.
— Sim?
— Talvez eu veja você amanhã. Acho que vou até o armazém dar uma olhada, mesmo odiando as lutas. — Ela faz uma pausa. — Também odeio apostar nas corridas de cães. Só vou porque eles são lindos.
Fico parado ali.
Sem me mexer.
Fico pensando: *Será que um Wolfe pode ser bonito?* No entanto, o que digo é "tá legal". Temos uma ligação. Os olhos dela atraem os meus.
— Então, tá — diz. — Vou tentar ir.

— Tá bem.

Em seguida:

— Ei, só por curiosidade — pergunta. Ela pensa em alguma coisa. — O Rube é um lutador tão bom quanto todo mundo diz?

Faço que sim com a cabeça.

Com sinceridade.

— É — digo. — Ele é.

— E você?

— Eu? Não tão bom, na verdade...

Mais um sorriso, e ela diz:

— Talvez eu veja você amanhã, então.

— Então, tá — respondo. — Espero que sim.

Ela dá meia-volta pela última vez e entra.

Assim que me vejo sozinho, fico parado por mais uns segundos e vou para casa. Começo a correr por causa do gosto da adrenalina que sinto na garganta.

Será que um Wolfe pode ser bonito?

Será que um Wolfe pode ser bonito?

Pergunto, enquanto corro, com a imagem dela na minha mente. *Acho que o Rube pode ser*, respondo, *quando está no ringue. Ele é boa-pinta, mas feroz e devastador, e, ainda assim, bonito e boa-pinta, de novo.*

Em casa, chego na hora do jantar.

BOM DE BRIGA

Ela está lá, sentada à mesa comigo. Stephanie. Steph. Olhos de céu. Pulsos e dedos delicados, ondas de cabelo escuro, e o amor dela pelos lindos cães de corrida.

Ela pode estar lá amanhã.
Ela pode estar lá.
Ela pode estar.
Ela pode.
Ela.
Estou de brincadeira, não é?
Cameron Wolfe.
Cameron Wolfe, e outra garota que demonstrou um pouco de interesse. E ele já está apaixonado por ela. Já está preparado para se apaixonar e implorar e jurar tratá-la direito e fazer qualquer coisa que ela queira. Está pronto para se dar por inteiro.

É um garoto e, com certeza, é dor que está se avultando, e não felicidade.

Ou agora vai ser diferente?
Pode ser?
Vai ser?
Não sei.

Crio expectativa e esperança. Penso nisso durante toda a noite. Mesmo na cama, ela está comigo debaixo do cobertor.

Do outro lado do quarto, Rube está contando o dinheiro de novo.

Segurando-o à sua frente, olha fixo para ele, como se estivesse se convencendo de alguma coisa.

Olho fixo para ele também, curioso sobre o que vê.

– Olha para esse dinheiro – diz ele. – Não são 350 dólares. – Olha mais fixo ainda. – São sete vitórias.

— *Ei, Rube?*
Nada.
— *Ei, Rube? Rube?*
Hoje somos só ela e eu, debaixo do meu cobertor.
As visões se repetem.
Elas aparecem no teto, à medida que a esperança cresce dentro de mim.
São fragmentos dourados do futuro na escuridão do escuro.
Uma última tentativa:
— *Ei, Rube. Rube?*
Nada.
Tudo que tenho é a esperança de que vou lutar bem amanhã e de que ela estará lá.
— *Mas ela odeia lutas* — *digo a mim mesmo.* — *Então, por que iria?* — *Mais perguntas.* — *Será que iria apenas pra me ver?*
As visões estão por toda parte.
As respostas não estão em parte alguma.
Mesmo assim, na calada da noite, em meio à escuridão atenta, o Rube diz uma coisa muito estranha. Uma coisa que eu só vou entender mais tarde.
Ele diz:
— *Sabe, Cam, andei pensando e gosto mais do seu dinheiro que do meu.*
E lá fico eu, na cama, pensando, mas não falando. Só pensando.

13

Às vezes, eu queria ter punhos melhores. Mais rápidos, com braços mais rápidos e ombros mais fortes. Costumo estar na cama quando penso nessas coisas, mas, hoje, estou no vestiário, esperando que me chamem. Não sei. Só quero ser formidável. Queria poder andar pela multidão e subir no ringue para vencer, não apenas para lutar.

— Cameron.

Queria poder olhar nos olhos do adversário e dizer que vou matá-lo.

— Cameron.

Queria poder ficar acima dele e dizer para ele ficar de pé.

— Cameron!

Finalmente, Rube conseguiu entrar nos meus pensamentos. Bateu no meu ombro para invadir a minha mente. Ainda estou sentado lá, vestindo o agasalho, tremendo. As luvas pendem das minhas mãos feito peso morto e sinto como se estivesse me despedaçando.

— Vai lutar ou não? — Rube me sacode.

Ela está lá fora, penso, e, pela primeira vez, realmente digo isso. Para o meu irmão. Baixinho.

— Ela está lá fora, Rube.

Ele olha para mim com atenção, perguntando-se de quem estou falando.

— Ela está — continuo.

— Quem?

— Aquela Steph, sabe quem é?

— *Quem?*

Ah, de que adianta!, grito para mim mesmo em pensamento.

Ainda assim, falo em voz baixa.

— Steph. Da pista de corrida.

— E daí? — Ele está frustrado agora, e falta pouco para me agarrar e jogar na multidão.

— E daí que isso é tudo — continuo falando. Ainda estou vazio. Exausto. — Eu a vi há uns minutos quando espiei pela porta.

Rube se afasta.

— Ai, Deus Todo-Poderoso. — Afasta-se e volta. Está calmo agora. — Vai logo lá pra fora.

— Tá bem. — Digo sem me mover.

Ainda calmo.

— Saia.

— Tá certo. — E sei que tenho que ir.

Fico de pé, as portas se abrem e ando até a multidão. É uma multidão na qual cada um tem o mesmo rosto. É ela. Stephanie.

Tudo é um borrão.

Tudo confuso.

Perry grita.

O juiz.

Lutem limpo, rapazes.

Nada de golpes baixos.

Está bem.

Faça isso.

Não caia.

Se cair, levanta.

O gongo, os punhos, a luta.

Começa, e o primeiro round é a morte.

O segundo round é o caixão.

O terceiro é o funeral.

Meu adversário não é um grande lutador, mas não estou bem hoje. Não estou ligado. Estou com tanto medo de fracassar que aceitei a derrota. Desisti quase como se não fosse tentar, porque só pioraria as coisas.

— Levanta! — grita a voz distorcida do Rube, na primeira vez que caio. De alguma forma, me levanto.

BOM DE BRIGA

Na segunda vez, só a expressão em seus olhos me fazem voltar a ficar de pé. Minhas pernas doem, e cambaleio sobre as cordas. Me segurando. Me segurando.

Na terceira vez, eu a vejo. Eu a vejo e só ela. O restante da multidão desapareceu e somente Stephanie está de pé ali, assistindo. O lugar todo está vazio, a não ser por ela. Seus olhos estão nadando com beleza, e sua postura me faz querer ficar com ela, em uma tentativa de fazer com que me ajude a levantar.

– Só vou porque os cachorros são lindos. – Eu a ouço dizer.

Que coisa estranha para se dizer, penso, aí percebo que estou ouvindo a voz de ontem. Hoje, ela está parada, em silêncio, me fitando com os lábios de expressão solene, fechados, enquanto faço um esforço para ficar de pé.

No quarto round, reajo. Me levanto.

Desvio a cabeça dos punhos do outro cara e acerto alguns socos. O sangue fluiu para o meu peito e o meu estômago. Devorou os meus shorts.

Sangue de cão.

Um cão lindo?

Quem sabe, porque, no quinto round, sou nocauteado, e não é daqueles que simplesmente não me deixam levantar. É um nocaute que me põe frio, inconsciente.

Enquanto estou apagado, ela me preenche.

Eu a vejo, e estamos na pista de corrida, só nós dois, na arquibancada, e ela me beija. Ela se aproxima e tem um gosto maravilhoso. Chega a ser insustentável. Eu, com uma das mãos suave em seu rosto e a outra agarrando, nervosa, a gola da sua camiseta. Ela, com os lábios nos meus e as mãos subindo delicadamente pelas minhas costelas, uma por uma. Com cuidado, com muito cuidado.

Os lábios dela.

Os quadris dela.

A pulsação alta, dentro da minha.

Com muito cuidado, com muito cuidado.

Com muito...

— Cuidado. — Ouço a voz do Rube. — Toma cuidado com ele.

Droga, acordei.

Acordado e envergonhado.

Depois de um tempo, volto a ficar de pé, mas me afundo entre o Rube e o Bumper, que, por bondade, pulou no ringue para nos ajudar.

— Tudo bem, cara? — pergunta ele.

— Tudo — minto. — Estou bem — E o Rube e o Bumper me ajudam a sair do ringue.

Está mais escuro aqui agora e minha visão está paralisada. Hoje à noite, é a vergonha que surge a meu lado, quando as lâmpadas fluorescentes me atingem. Ferem os meus olhos. Me cegam.

Ao sair do ringue, paro. Tenho que parar.

— O que foi? — pergunta Rube. — Qual é o problema? Anda logo, a gente tem que levar você de volta lá pra dentro.

— Não — digo. — Eu tenho que andar por conta própria.

Os olhos de Rube vasculham dentro de mim, e alguma coisa acontece. Ele abaixa as mãos e assente para mim com tal intensidade que eu respondo, fazendo que sim com um leve movimento de cabeça. O sentimento me domina, gira através de mim, e eu caminho.

Todos nós andamos.

Caminho com Rube e Bumper, um de cada lado, e a multidão fica em silêncio. O sangue está secando sobre a minha pele. Minhas pernas avançam. Mais uma vez. Mais uma vez. *Só continue andando*, digo para mim mesmo. *Cabeça erguida. Cabeça erguida*, entoo, *mas ainda se concentre nos pés. Não caia.*

Não tem aplauso.

Só as pessoas, observando.

Só Stephanie, lá fora, em algum lugar, observando.

Só os olhos orgulhosos do Rube, quando ele caminha a meu lado...

— A porta — diz para o Perry, que a abre, quando chegamos lá. Do outro lado, caio novamente, engolindo o meu sangue e me virando para sorrir para o teto. Ele desce e me esmaga, então se ergue e me esmaga mais uma vez.

— Rube — chamo, mas ele está a quilômetros de distância. — Rube... — Um grito agora. — Rube, você está aí?

— Estou aqui, irmão.

Irmão.

Isso me faz sorrir.

Digo:

— Obrigado, Rube. Obrigado.

— Está tudo bem, irmão.

De novo, com o *irmão*.

Outro sorriso nos meus lábios.

— Eu ganhei? — pergunto, porque agora não sinto nada. Sou um só com o chão.

— Não, cara. — Ele não vai mentir. — Você ficou bem machucado, isso, sim.

— Fiquei?

— Ficou.

Devagar, recupero os limites da dignidade. Eu me limpo e assisto à luta do Rube através de uma abertura na porta. Bumper está no corner, na minha ausência, embora meu irmão não precise dele. Vejo Stephanie, movendo-se com o restante da multidão, observando o Rube derrubar o cara no segundo round. Eu a vejo sorrir, e é um sorriso lindo. Mas não é um sorriso extraordinário. Não é um sorriso para mim. Eu me afoguei naqueles olhos. Desapareci no céu. E lá estou eu, lembrando que ela não gosta de lutas...

A luta termina no fim do round.

A garota termina dois minutos depois disso.

Termina quando o Rube passa, e ela diz alguma coisa para ele. Rube faz que sim com a cabeça. Fico imaginando. *Será que ela perguntou se o Cameron está bem? Será que quer me ver?*

A coisa está complicada, dá para ver. Os olhos dela não podem ser para mim.

Ou podem?

Logo descobriremos, porque, na luta seguinte, Rube sai pela porta dos fundos, e, ouvindo com atenção, percebo que está conversando com ela. Conversando com Stephanie.

Estou perto. Muito perto, mas não consigo evitar. Tenho que ouvir. Começa com a voz do Rube.

— Você quer saber se o meu irmão está bem, não é?

Silêncio.

— E então? Quer?

— Ele está bem?

Estou na voz dela por um instante, deixando-a me cobrir, me abafar, até o Rube ver as coisas com clareza. Ele fala sem rodeios.

— Você não liga, não é?

— Claro que ligo.

— *Não* liga. — Rube já se decidiu. — Você veio por minha causa, não foi? — Um intervalo. — Não *foi*?

— Não, eu...

— Sabe, tem garotas inteligentes por aí em alguma parte, mas elas não estão aqui. Nunca estão aqui nos fundos comigo, mandando ver, encostadas na parede porque acham que sou um cara durão e um pegador! — Ele está zangado. — De jeito nenhum. Elas estão em casa, sonhando com um Cameron! Elas estão sonhando com o meu irmão.

A voz dela me machuca.

— O Cameron é um perdedor.

Me machuca profundamente.

— Sim, mas — continua Rube — quer saber de uma coisa? Ele é um perdedor que levou você pra casa quando eu não estava nem aí. Caramba, se dependesse de mim, você poderia ter apanhado na rua ou sido estuprada. — A voz dele acaba com ela, dá pra perceber. — E tem o Cameron, meu irmão, fazendo o maior esforço pra agradar e tratar você direito. — Ele a leva para um canto. — Ele faria isso também, sabe? Sangraria e lutaria por você, sem usar as mãos. Ele cuidaria de você, respeitaria e amaria você pra caramba até onde desse. Sabia disso?

Está tudo quieto.

Rube, Steph, a porta, eu.

— Então, se você quer transar comigo aqui — Rube acerta outro golpe nela —, vamos nessa. Você me merece, mas você não merece ele. Você não merece o meu irmão.

Ele acabou de dar o último soco verbal agora e percebo que estão parados ali. Imagino a cena: o Rube olhando para ela, e a Stephanie olhando para outro lugar. Qualquer parte, menos para o Rube. Pouco depois, ouço os passos dela. O último tem som de algo se partindo.

Rube está só.

Ele está de um lado da porta.

Eu estou do outro.

Diz para si mesmo: "Sempre pra mim." Silêncio. "E pra quê? Não sou nem um..." A voz some.

Eu abro a porta. Eu o vejo.

Eu saio e me apoio na parede com ele.

Percebo que podia ter odiado ou sentido ciúme por Steph querer ficar com ele em vez de ficar comigo.

Poderia ter pensado com mágoa na pergunta que ela fez ontem à noite.

"O Rube é um lutador tão bom quanto todo mundo diz?", perguntou ela. No entanto, não sinto nada estranho. Tudo que posso sentir é um desejo de ter tido a presença de espírito de lhe dar uma resposta diferente. Devia ter dito: "Um bom lutador? Não sei. Mas ele é um bom irmão."

É isso o que eu deveria ter dito.

— *Oi, Rube.*

— *Oi, Cameron.*

Nos apoiamos na parede, e o sol está gritando de dor no horizonte. O horizonte o engole devagar, mastigando tudo. A cidade inteira encara isso, incluindo meu irmão e eu.

Conversa.

Digo.

Pergunto.

— *Você acha que* tem *mesmo uma garota por aí como a que você descreveu? Esperando por mim?*

— *Talvez.*

Fogo e sangue se espalham no céu distante. Eu assisto.

— *Sério, Rube?* — *pergunto.* — *Você acha?*

— *Tem que ter... Você pode ser safado e não valer nada, nem ser um vencedor, mas...*

Ele não termina a frase. Só olha noite adentro, e só me resta especular sobre o que ele poderia dizer. Espero que seja algo como "mas tem um grande coração" ou "mas é um cavalheiro".

No entanto, nada é dito.

Talvez as palavras sejam o silêncio.

14

Quando você se encosta em uma parede e o sol está se pondo, às vezes, você só fica parado lá, observando. Sente o gosto do sangue, mas não se move. Como eu disse, você deixa o silêncio falar. Depois, volta para dentro.

— Vinte pratas em trocados — diz o Perry, estendendo um saco para mim, quando tudo termina.

— Hum — respondo. — Deram dinheiro por pena.

— Não — ensina o Perry. Ele parece estar sempre puxando a nossa orelha. Dessa vez, está me dizendo para calar a boca e aceitar o elogio.

— Deram dinheiro por admiração — diz Bumper. — Andar pela multidão daquele jeito. Eles gostam mais disso que da minha vitória, mais que da vitória do Rube, mais que de todas elas juntas.

Pego o dinheiro.

— Valeu, Perry.

— Você tem mais quatro lutas — diz. — Depois, a temporada acabou pra você, entendeu? Você merece um descanso. — Mostra pra nós dois uma folha de papel com a escala da competição. Na outra mão, segura o papel do torneio. Na escala, aponta para a posição do Rube. – Está vendo, você chegou três lutas depois, mas já está no topo. É o único que não perdeu nem uma luta.

Rube aponta para o nome na segunda posição.
– Quem é Harry "Matador" Jones?
– Você vai lutar com ele na semana que vem.
– Ele é bom?
– Você vai acabar com ele facilmente.
– Ah.
– Olha aqui, ele teve duas derrotas. Uma delas foi pro cara que você enfrentou hoje.
– É mesmo?
– Eu não ia dizer, se não fosse verdade, ia?
– Não.
– Então, cala a boca. – Perry dá um sorriso. – As semifinais são daqui a quatro semanas. – O sorriso desaparece. No mesmo instante. Agora, ele está sério. – Mas...
– O quê? – pergunta Rube. – O quê?

Perry nos leva para o lado. Fala devagar e com sinceridade. Nunca o ouvi falar assim.
– Só tem um probleminha. É na última semana da temporada regular.

Rube e eu olhamos para o papel com atenção.

MarKus Zusak

— Estão vendo? — Perry aponta o dedo para a Semana Catorze. — Resolvi ser meio filho da mãe.

Eu vejo.

O Rube também.

— Ai, caramba — digo, porque, bem na página da Semana Catorze na divisão peso leve, está escrito *WOLFE x WOLFE.*

Perry diz.

— Desculpe, rapazes, mas não pude evitar. Tem alguma coisa de especial em luta de irmãos, e eu queria que a última semana antes das semifinais fosse inesquecível. — Ele ainda é sincero. Só está falando de negócios. — Lembram que eu disse que tinha uma pequena chance de isso acontecer? Vocês disseram que não tinha problema.

— Você não pode dar um jeito nisso? — pergunta Rube. — Não pode mudar isso?

— Não, e nem quero também. A única coisa boa é que será aqui, em casa.

Rube dá de ombros.

— Tá certo, então. — Olha para mim. — Tem problema, Cam?

— Não, tudo bem.

— Ótimo — conclui Perry. — Eu sabia que poderia contar com vocês.

BOM DE BRIGA

Quando todas as coisas estão arrumadas, Perry nos oferece a carona de sempre para casa. A voz dele fica martelando na minha cabeça, porque ainda estou me sentindo mal por causa da surra que levei.

— Não — diz Rube. — Hoje não. Acho que podemos caminhar. — Ele pede a minha opinião. — Cam?

— Claro. Por que não? — Embora eu esteja pensando: *Tá maluco? Parece que a minha cabeça passou pelo liquidificador.* No entanto, não digo mais nada. Acho que vou ficar feliz em voltar andando para casa com o Rube, hoje à noite.

— Sem problema — comenta Perry. — Até a semana que vem, garotos?

— Com certeza.

Saímos pela porta dos fundos com as nossas coisas, e hoje ninguém está à nossa espera. Não tem mais Steph, não tem mais ninguém. Só a cidade e o céu, e nuvens que rodopiam na escuridão crescente.

Em casa, escondo o rosto ferido na batalha. Tenho um olho roxo, a bochecha inchada e o lábio cortado, com sangue pisado. Tomo a sopa de ervilha no canto escondido da sala.

Os dias seguintes abrem caminho com truculência.

Markus Zusak

Rube deixa a barba crescer um pouco.

O papai continua correndo atrás de trabalho, como sempre.

Sarah sai para trabalhar e só vai à casa da amiga, Kelly, uma ou duas vezes. Volta para casa sóbria e, na quarta-feira, traz o dinheiro das horas extras enfiado no bolso.

Steve aparece uma vez, para passar umas camisas.

(– Não tem ferro de passar, não? – pergunta Rube.

– O que você acha?

– Acho que você não tem ferro.

– Bem, adivinha só: não tenho.

– Então, talvez você devesse comprar um, seu pão-duro.

– Quem aqui é pão-duro, garoto? Que tal você raspar essa barba...

– Tá sem dinheiro pra comprar um ferro de passar? Essa coisa de sair de casa não deve ser muito fácil, então.

– Você tá certo. Não é.

A parada é dura, e, enquanto discutem, Steve e Rube estão dando risadas. Sarah dá gargalhadas na cozinha e eu dou um sorriso sem graça com meu jeito de garoto. É nesse tipo de coisa que a gente se especializa.)

A sra. Wolfe tirou o dia de folga hoje.

BOM DE BRIGA

O que significa que ela tem tempo de perceber os cortes e machucados cicatrizando no meu rosto. Enquanto como o cereal naquela tarde, ela me cerca na cozinha. Eu a observo me observar.

Ela grita.

Uma palavra.

Esta:

— Rube!

Nem muito alto nem muito assustada. Só um esforço confiante na voz que espera que ele chegue correndo.

Ela pergunta:

— Isso é o treino de boxe?

Rube se senta.

— Não.

— Ou será que vocês, garotos, andaram lutando no quintal de novo?

Ele confessa uma mentira.

— É. — Está bem tranquilo. — Andamos lutando.

Ela apenas suspira e acredita em nós, o que é pior. Sempre é ruim quando alguém acredita em você quando não deveria. Dá vontade de gritar para ela parar; assim, dá para conviver melhor conosco mesmo.

Mas você não grita.

Você não quer desapontá-la.

Markus Zusak

Não dá para enfrentar seu próprio eu covarde e explicar que você não é digno da confiança dela.

Não dá para aceitar que você é tão baixo assim.

A questão é que nós *andamos* lutando no quintal, mesmo que seja só treinando para a luta de verdade. Acho que o Rube não mentiu completamente, mas também não contou a verdade.

Falta pouco.

Eu sinto.

Falta muito pouco para eu contar a ela sobre isso: o Perry, o boxe, o dinheiro. Tudo. A única coisa que me impede agora é a cabeça inclinada do meu irmão. Olhando agora, sei que ele está querendo chegar a algum lugar. Está prestes a fazer alguma coisa, e não posso puxar o tapete agora.

– Desculpa, mãe.

– Desculpa, mãe.

Desculpa, sra. Wolfe.

Por tudo.

Um dia, nós vamos deixar a senhora orgulhosa.

Nós temos que deixar.

Nós precisamos.

– Sabem, rapazes – começa ela –, vocês deveriam estar cuidando um do outro. – O comentário me faz perceber que, em meio às mentiras, a maior ironia é que *estamos* cuidando um do outro. É só que, no fim, nós a decepcionamos. É isso que nos magoa.

— Deu sorte com o trabalho? — pergunta Steve ao papai. Consigo ouvir. Estão na sala.

— Não, pra falar a verdade, não.

Fico esperando eles começarem a discussão de sempre sobre o seguro-desemprego, mas não fazem isso. O Steve sai sozinho, porque não mora mais aqui. Só recebe um olhar fixo no rosto e diz "adeus". Dá para ver que ele está pensando: *Isso nunca vai acontecer comigo. Não vou deixar.*

Na sexta-feira dessa semana, o que parece uma manhã típica acaba se tornando muito importante.

Rube e eu saímos para correr e são quase sete quando voltamos. Como sempre, vestimos as camisetas velhas de malha, as calças de moletom e os tênis. O dia traz um céu com nuvens pesadas e um horizonte azul-claro. Chegamos ao portão, e Sarah está lá. Pergunta:

— Vocês viram o papai enquanto estiveram fora? É que ele desapareceu.

— Não — respondo, me perguntando qual é o problema. — O papai tem feito caminhadas ultimamente.

— Não tão cedo assim.

A mamãe sai.

— O terno dele não está lá — anuncia e, imediatamente, todos nós entendemos. Ele foi até lá. Está esperando. Foi receber o seguro-desemprego.

— Não.

Alguém diz.

De novo.

Na esperança de que não seja verdade.

— Sem chance. — E percebo que fui eu quem falou, porque a fumaça da manhã fria sai aos tropeções da minha boca junto com as palavras. — Não podemos deixar. — Não que a gente esteja com vergonha dele. Não estamos. Só que a gente sabe que ele lutou muito contra isso e considera o fim da sua dignidade.

— Vamos.

Agora foi o Rube quem falou e puxa a minha manga. Diz à mamãe e à Sarah que voltaremos logo, e saímos.

— Aonde estamos indo? — pergunto, ofegante, mas sei a resposta, direto até chegarmos à casa do Steve. Sem fôlego por causa da corrida, ficamos parados lá, nos recuperamos, então chamamos.

— Ei, Steve! Steven Wolfe!

As pessoas gritam para a gente calar a boca, mas, pouco depois, Steve aparece na varanda do apartamento, de cueca. Seu rosto diz *seus filhos da mãe*. A voz diz:

— Imaginei que fossem vocês, caras. — Então, um grito agudo, infeliz: — O que vocês estão fazendo aqui? Ainda são sete da manhã, porra.

Um vizinho berra:

— Que diabos está acontecendo aí?
— E então? — pergunta o Steve.
— É... — Rube gagueja. — É o papai.
— O que tem ele?
— Ele... — Droga, ainda estou sem fôlego. — Ele foi até lá. — Estou tremendo. — Pegar o seguro-desemprego.

O rosto do Steve demonstra alívio.

— Bem, já era hora.

Mesmo assim, quando o Rube e eu o fitamos, ele percebe. Estamos implorando. Estamos gritando. Estamos uivando por ajuda. Estamos berrando que precisamos de todos. Precisamos...

— Ai, merda! — Steve cospe as palavras. Um minuto depois, está correndo com a gente, vestindo a roupa do futebol e os tênis bons de corrida.

— Não dá pra vocês correrem mais rápido? — reclama no caminho, só para se vingar por ter tido que sair da cama e sido humilhado na frente dos vizinhos. Ele também diz, através dos dentes cerrados: — Cara, eu vou acabar com vocês por isso, juro.

Rube e eu continuamos correndo e, quando voltamos para casa, mamãe e Sarah estão vestidas. Prontas. Todos estamos. Andamos.

Após 15 minutos, avistamos o balcão de empregos. À porta, tem um homem sentado, e o homem é o nosso pai. Ele não vê a gente, mas cada um de nós caminha até ele. Juntos. Sozinhos.

A sra. Wolfe carrega orgulho no rosto.

Sarah tem lágrimas nos olhos.

Steve tem o nosso pai nos olhos e, enfim, percebe que seria tão teimoso quanto ele.

Rube tem intensidade agarrada a ele.

Quanto a mim, olho para o meu pai, sentado ali, sozinho, e fico imaginando a sensação de fracasso. O terno preto está pescando, expondo o meião de futebol por baixo da calça.

Quando chegamos lá, ele levanta o rosto. Tem boa aparência, o meu pai, embora hoje de manhã pareça derrotado. Está destruído.

— Achei que devia chegar cedo — diz. — Essa é a hora em que eu normalmente começo a trabalhar.

Todos nós estamos de pé em volta dele.

No fim, é o Steve quem fala. Diz:

— Oi, pai.

Papai sorri.

— Oi, Steven.

E isso é tudo. Sem mais palavras. Não tanto quanto você esperaria. É tudo, além de sabermos que não vamos deixá-lo fazer isso. Papai também sabe.

Ele se levanta, e nós retomamos a luta.

BOM DE BRIGA

Quando voltamos para casa, a certa altura, o Rube para. Espero com ele. Observamos os outros andando.
Ele fala.

— Olha só — diz. — Aquele é o Clifford "Bom de Briga" Wolfe. — Aponta. — Aquelas são a Sra. "Boa de Briga" Wolfe, e a Sarah "Boa de Briga" Wolfe. Droga, nos últimos dias, tem até o Steve "Bom de Briga" Wolfe. E você é o Cameron "Bom de Briga" Wolfe.

— E você? — pergunto ao meu irmão.

— Eu? — Ele pensa. — Me deram esse nome, mas não sei. — Olha fixo para mim e diz a verdade. — Eu também tenho os meus medos, Cam.

— Do quê?

Do que ele pode ter medo?

— O que eu vou fazer quando tiver uma luta que posso perder?

Então, é isso.

O Rube é um vencedor.

Ele não quer ser.

Ele quer ser, primeiro, um lutador.

Como nós.

Lutar uma luta que pode perder.

Respondo à pergunta para tranquilizá-lo.

— Você vai lutar de qualquer jeito, como nós.

— Você acha?

Mas nenhum de nós sabe, porque uma luta não vale nada se você sabe desde o início que vai ganhar. São as lutas no meio disso que põem você à prova. São as que trazem perguntas com elas.

O Rube ainda não esteve numa luta. Não numa de verdade.

— Quando acontecer, será que eu vou me levantar? — pergunta.

— Não sei — confesso.

Ele preferia ser um lutador mil vezes entre o bando dos Wolfe a ser um vencedor no mundo uma só vez.

— Me diz como fazer isso — pede. — Me diz. — Mas nós dois entendemos que algumas coisas não podem ser ditas nem ensinadas. Um lutador pode ser um vencedor, mas isso não faz de um vencedor um lutador.

— *Ei, Rube.*
 — *Fala.*
 — *Por que você não consegue ser feliz sendo um vencedor?*
 — *O quê?*
 — *Você me ouviu.*
 — *Não sei.* — *Pensa na pergunta.* — *Na verdade, sei, sim.*
 — *E então?*
 — *Bem, primeiro, se você é um Wolfe, deveria ser capaz de lutar. Segundo, você só luta se puder vencer, porque alguém sempre pode te derrotar.* — *Respira fundo.* — *Mas, se você aprende a lutar, pode lutar para sempre, mesmo quando tentarem pará-lo.*
 — *A menos que você desista.*
 — *É, mas qualquer um pode impedir você de ser um vencedor. Só você quem pode decidir parar de lutar.*
 — *Pode ser.*
 — *De qualquer jeito...* — *Rube decide parar por ali.* — *Lutar é mais difícil.*

15

Como eu disse antes, agora faltam quatro semanas até a luta com o meu irmão. Ruben "Bom de Briga" Wolfe. Fico imaginando como vai ser e como vou me sentir. Como vai ser enfrentá-lo — não no nosso quintal, mas no ringue, sob todos os holofotes, as luzes, e com a multidão assistindo e gritando, e esperando pelo sangue. O tempo dirá, imagino, ou, pelo menos, essas páginas vão dizer.

Papai está sentado à mesa da cozinha, sozinho, mas agora não parece tão derrotado. Parece que voltou à ativa. Foi ao fundo do poço e voltou. Acho que, quando você perde seu orgulho, mesmo que só por um instante, percebe o quanto ele significa para você. Os olhos dele voltaram a ter um pouco de força. O cabelo cacheado faz espirais na altura das sobrancelhas.

Rube está quieto ultimamente.

Passa um bom tempo no porão, que, como você sabe, o Steve deixou vago. No fim, a mamãe o ofereceu para todo mundo como quarto, mas nenhum de nós aceitou. Dissemos que é porque faz muito frio ali embaixo, mas, na verdade, acho que os lobos que sobraram na nossa casa sentem que agora é hora de ficarem juntos. Senti isso desde que o Steve foi embora. Não que eu fosse dizer em voz alta. Nunca admitiria para o Rube que não fiquei com o porão porque me sinto muito solitário sem ele. Ou que iria sentir falta das conversas e do jeito como ele sempre me chateia. Ou, por mais vergonhoso que pareça, que eu iria sentir mais falta ainda do cheiro das meias dele e do som do ronco.

Bem na noite passada, tentei acordá-lo porque aquele ronco era absolutamente prejudicial à minha saúde. Privação de sono, falo sério. Quer dizer, até ele voltar a ser um pêndulo outra vez e me persuadir a dormir. Hum. Hipnose sob influência do ronco do Ruben Wolfe. É um caso perdido, eu sei, mas a gente se acostuma com as coisas. E estranha a falta delas, como se não fosse mais a mesma pessoa.

De qualquer forma, foi a própria sra. Wolfe quem tomou posse do porão. Ela tem uma espécie de escritório ali e faz os cálculos do imposto de renda.

Na noite de sábado, porém, encontro o Rube lá, sentado em cima da escrivaninha, com os pés apoiados na cadeira. É a noite antes da luta com Harry "Matador" Jones. Puxo a cadeira de debaixo dos pés dele e me sento nela.

— Confortável aí? — Ele me olha com cara feia.
— Estou, sim. É uma beleza de cadeira.
— Não se preocupe com os meus pés — continua ele. — Agora estão balançando por sua causa.
— Ah, coitadinho.
— Pois é.
Começo a xingar.
Irmãos.
Somos estranhos.
Aqui, ele não facilita nada, mas lá fora, no mundo, vai me defender até a morte. O que assusta é que eu sou assim também. Parece que todos nós somos assim.

Uma pausa se espalha no ar, antes que o Rube e eu comecemos a conversar sem olhar um para o outro. Pessoalmente, olho para uma mancha na parede, imaginando: *O que é isso? Que diabos é isso?* Quanto ao Rube, posso sentir que ele levantou os pés, apoiando-os na escrivaninha, e encosta o queixo nos joelhos. Os olhos, imagino, estão fixos à frente dele, nos velhos degraus de concreto.

— Harry "Matador" — começo.
— É.
— Você acha que ele é bom?
— Talvez.

BOM DE BRIGA

Então, bem no meio daquilo tudo, Rube diz:

— Eu vou contar pra eles. — A frase não traz atenção extra nem movimento. Nenhuma chance de acreditar que ele pensou do nada o que acabou de dizer. Foi decidido há muito tempo.

O único problema é que não tenho ideia do que ele está falando.

— Dizer o que a quem? — pergunto.

— Como você consegue ser tão burro assim? — Ele se vira para mim agora, com uma expressão selvagem no rosto. — Mamãe e papai, seu retardado.

— Eu não sou retardado.

Odeio quando ele me chama assim. *Retardado*. Acho que odeio mais que *veado*. Me faz sentir como se estivesse comendo uma torta e bebendo cerveja, e tomasse um gole do tamanho do Everest.

— Enfim — continua ele, impaciente —, vou contar à mamãe e ao papai sobre o boxe. Estou cansado de sair escondido.

Paro.

Considero tudo na minha mente.

— Quando você vai contar pra eles?

— Pouco antes de você e eu lutarmos.

— Ficou maluco?

— Qual é o problema?

— Não vão deixar a gente lutar, e o Perry vai nos matar.

— Vão, sim. — Ele tem um plano. — Vamos prometer que essa será a última vez que vamos lutar um com o outro. — Será que é isso que o Rube quer quando fala de uma luta de verdade? Contar à mamãe e ao papai? Contar a verdade para eles? — De qualquer forma, não podem nos impedir. E poderiam muito bem ver o que nós somos.

O que nós somos.

Repito mentalmente.

O que nós somos...

Então, pergunto.

— O que nós somos?

E vem o silêncio.

O que nós somos?

O que nós somos?

O estranho nessa pergunta é que até pouco tempo atrás a gente sabia exatamente o que era. O problema era *quem* a gente era. Nós éramos vândalos, lutávamos no quintal, só garotos. Sabíamos o que significavam palavras como essas, mas palavras como Ruben e Cameron Wolfe eram um mistério. A gente não tinha ideia de onde isso iria nos levar.

Ou talvez isso esteja errado.

Talvez quem você é *seja* o que você é.

Não sei.

Só sei que, agora, queremos sentir orgulho. Uma vez na vida. Queremos entrar nessa luta e superá-la. Queremos construí-la, vivê-la, sobreviver a ela. Queremos levá-la à boca e provar, e nunca esquecer, porque isso nos torna mais fortes.

Então, o Rube me dilacera.

Ele rasga a minha dúvida da garganta ao quadril.

Ele repete e responde.

– O que nós somos? – Uma risada curta. – Quem sabe o que eles vão ver, mas, se forem nos assistir, saberão que somos irmãos.

É isso!

É isso que somos – talvez, a única coisa da qual eu *possa* ter certeza.

Irmãos.

Todas as boas coisas que isso envolve. Todas as coisas ruins.

Faço que sim com a cabeça.

– Então, vamos contar a eles? – Está olhando para mim agora. Eu olho para ele.

– Vamos.

Concordamos, e tenho que confessar que eu mesmo estou obcecado com a ideia. Quero subir correndo na mesma hora e contar a todo mundo. Simplesmente deixar sair de mim. Em vez disso, me concentro no que me vem pela frente. Tenho que sobreviver a três lutas e tenho que ver a luta do Rube e o jeito como os adversários lutam com ele. Não posso cometer os mesmos erros deles. Tenho que ir até o fim e, para o bem dele, tenho que lhe dar uma luta, não apenas outra vitória.

Para minha surpresa, venço a luta seguinte – decisão por pontos.

Logo depois de mim, o Rube põe o "Matador" para dormir no meio do quarto round.

Na semana seguinte, perco no quinto round, e a última luta antes do meu encontro com o Rube é boa. É em Maroubra, e, comparada à primeira ali, dessa vez, entro e bato sem pensar duas vezes. Não sinto mais medo de apanhar. Talvez tenha me acostumado. Ou talvez eu saiba que o fim está próximo para mim. O cara que enfrento não volta para o último round. Está muito cambaleante, e sinto pena dele. Sei como é não querer lutar o último round. Sei como é fazer um esforço para se concentrar em apenas ficar de pé, que dirá dar socos. Sei como é quando o medo supera a dor física.

Observando o Rube depois, percebo uma coisa.

BOM DE BRIGA

Descubro por que ninguém bate nele, ou por que eles nem chegam perto. É porque eles nem sequer *acham* que possam ganhar. Não acreditam que possam fazer isso, nem querem com tanta vontade assim.

Para sobreviver, eu tenho que acreditar que posso bater nele.

Mais fácil falar que fazer.

— *Ei, Cam.*
　— *Está na hora.*
　— *Na hora de quê?*
　— *Na hora de você começar a falar.*
　— *Tenho uma coisa importante a dizer.*
　— *É?*
　— *Vamos contar para eles amanhã.*
　— *Tem certeza?*
　— *Sim. Tenho certeza.*
　— *Quando?*
　— *Depois do jantar.*
　— *Onde?*
　— *Cozinha.*
　— *Está bem.*
　— *Ótimo. Agora, cala a boca. Quero dormir um pouco.*
Mais tarde, quando ele começa a roncar, conto a ele.
　— *Eu vou vencer você.* — *Mas, pessoalmente, não estou muito convencido.*

16

O dinheiro está na mesa da cozinha, e todos nós nos encaramos. Mamãe, papai, Sarah, Rube e eu. Está tudo lá. Notas, moedas, tudo. A mamãe levanta um pouco a pilha de dinheiro do Rube, para fazer uma ideia de quanto tem.

— Uns 800 dólares, no total — diz Rube a ela. — Meu e do Cameron.

Mamãe segura a cabeça entre as mãos agora. As noites de quinta-feira não deveriam ser assim para ela, e ela levanta e caminha até a pia.

— Acho que vou vomitar — diz, inclinada.

Papai se levanta, vai até ela e a segura.

Depois de uns dez minutos em silêncio, eles voltam à mesa. Juro, a mesa da cozinha já viu de tudo, acho. Tudo de importante que já aconteceu nessa casa.

— Então, há quanto tempo isso anda acontecendo exatamente? — pergunta o papai.

— Há algum tempo. Desde junho, mais ou menos.

— É isso mesmo, Cameron? — Dessa vez, é a mamãe.

— É, é isso mesmo. — Não consigo nem olhar para ela.

No entanto, a sra. Wolfe olha para mim.

— Então, é daí que vêm todos os machucados?

Faço que sim com a cabeça.

— É — continuo falando. — Ainda lutamos no quintal, mas só pra treinar. Quando começamos, dissemos a nós mesmos que a gente precisava de dinheiro...

— E?

— Mas acho que nunca foi pelo dinheiro.

Rube concorda e começa a falar. Diz:

— Sabe, mãe, é só que o Cam e eu vimos o que estava acontecendo aqui. Vimos o que estava acontecendo com a gente. Com o papai, com você, com todos nós. Mal estávamos sobrevivendo, apenas mantendo a cabeça acima da água, e... — Ele está agitado agora. Desesperado para falar direito. — Queríamos fazer alguma coisa que nos animasse e nos deixasse bem de novo...

— Mesmo se o restante de nós ficar envergonhado? — interrompe mamãe.

— Envergonhado? — Rube trava uma luta com ela em seu olhar. — A senhora não diria isso, se visse o Cameron lutando, ficando de pé várias vezes. — Está quase gritando. — Você se ajoelharia de tanto orgulho.

BOM DE BRIGA

Você diria às pessoas que ele é o seu garoto e que continua lutando porque foi assim que você ensinou.

Mamãe para.

Olha para o outro lado da mesa.

Imagina, e tudo que vê é a dor.

— Como você aguenta isso? — pergunta para mim. — Como você aguenta, semana após semana?

— Como *você* aguenta? — pergunto de volta.

Funciona.

— E como você aguenta? — pergunto ao meu pai.

A resposta é esta:

Continuamos levantando porque é o que fazemos. Não me pergunte se é instinto, mas todos nós fazemos isso. Em toda parte, as pessoas fazem isso. Sobretudo, pessoas como nós.

Quando está quase no fim, deixo o Rube dar o nocaute. Ele bate e diz:

— Esta semana é a última luta do Cam. — Respira fundo. — O problema é que... — Faz uma pausa. — ... ele vai lutar comigo. Vamos lutar um com o outro.

Silêncio.

Silêncio total.

Então, para ser sincero, até que aceitam muito bem.

Apenas a Sarah tem dúvidas.

Rube continua.

— Depois disso, tenho as semifinais. Mais três semanas, no máximo.

Tanto a mamãe quanto o papai parecem estar entendendo agora, aos poucos. *O que estão pensando?* Pergunto a mim mesmo. Sobretudo, acho que sentem que fracassaram como pais, o que é uma grande mentira. Não merecem a culpa porque isso é uma coisa que o Rube e eu fizemos por conta própria. Se formos bem-sucedidos, fomos nós. Se fracassarmos, fomos nós. Sem culpá-los. Sem culpar o mundo. A gente não queria isso, e a gente não ia tolerar isso.

Agora, me agacho perto da minha mãe. Eu a abraço e digo:

— Desculpa, mãe. Desculpa.

Desculpa.

Será que vai funcionar?

Será que isso a fará entender o suficiente para nos perdoar?

— Nós prometemos. — O Rube ainda tenta. — É a última vez que o Cameron e eu vamos lutar um com o outro.

— Nossa, que consolo — diz Sarah, por fim. — Você não pode lutar com alguém que está morto.

Todos olham para ela e ouvem com atenção, mas ninguém diz nada.

BOM DE BRIGA

Termina.

Um silêncio nervoso traça espirais no ar da cozinha, até que apenas o Rube e eu ficamos sentados ali. Todos os outros saem. Primeiro a Sarah, depois o papai, em seguida a sra. Wolfe. Agora esperamos pela luta.

Vivendo os dias seguintes, continuo determinado a acreditar que consigo vencê-lo. Mas não consigo acreditar. O mais perto que chego disso é *querer* bater nele para sobreviver.

Quando saímos para o armazém no sábado à noite, o sr. e a sra. Wolfe vão com a gente. Papai enfia a gente na van dele (e eu fico encolhido na parte de trás).

O carro parte devagar.

Estou suando.

Tenho medo.

Da luta.

Do meu irmão.

Pelo meu irmão – pela luta dele.

Ninguém diz nada durante todo o trajeto até chegarmos ao armazém, quando o nosso pai pede:

– Não se matem.

– Não iremos.

Fica combinado, no vestiário, que o Perry vai se sentar no corner do Rube. Bumper vai ficar no meu.

Tem uma multidão lá fora.

Markus Zusak

Posso ouvi-la, e a vejo, ao entrar no vestiário dos *Lutadores Visitantes*. Não procuro a mamãe nem o papai porque sei que estão lá fora, e estou me concentrando no que preciso fazer.

Fico sentado por um momento no vestiário sujo, enquanto os outros lutadores entram e saem. Ando por ali. Estou nervoso. Essa é a maior luta da minha vida.

Estou lutando contra o meu irmão.

Estou também lutando *por* ele.

Faltando alguns minutos para começar, perco contato com todo mundo. Eu me deito no chão. De olhos fechados, meus braços ao lado do corpo. Minhas luvas tocam a parte de cima das minhas pernas. Não vejo ninguém. Não ouço ninguém. Estou sozinho na minha mente. A tensão me rodeia, pressionando os limites do meu corpo. Passa por baixo de mim e me ergue...

Eu quero, digo a mim mesmo. *Quero mais do que ele.*

Cenas futuras da luta atravessam o meu pensamento.

Vejo o Rube tentando me acertar.

Eu quero.

Eu me vejo abaixando e revidando.

Mais.

Eu me vejo, de pé, no fim. De pé, no fim de uma luta de verdade. Não uma vitória ou uma derrota, mas uma luta. Vejo o Rube.

Quero mais do que ele, repito, e sei que quero. Quero mais porque tenho que querer. Tenho...

— Está na hora.

Bumper está perto de mim agora, e me levanto de um salto, olhando para a frente. Estou pronto.

Dá para ouvir o Perry gritando lá fora, mas só por um segundo. Quando Bumper empurra a porta, a multidão faz o barulho de sempre. Vejo, sinto, mas não posso ouvir. Continuo andando, para dentro de mim. Para dentro da luta.

Passo pelas cordas.

Tiro o agasalho.

Não o vejo, mas sei que está lá.

Mas eu quero mais.

Agora.

O juiz.

As palavras dele.

Silêncio.

Olhando para os meus pés.

Para qualquer parte, menos para o Rube.

Nos segundos sufocantes entre o agora e a luta, espero. Não treino socos. Vou precisar de todos eles. O medo, a verdade e o futuro — tudo está me devorando. Infiltrando-se no meu sangue, e eu sou um Wolfe. Cameron Wolfe.

Ouço o gongo.

Com ele, a multidão chega como uma tempestade nos meus ouvidos.

Avanço e dou o primeiro soco. Erro. Então, o Rube gira e me acerta no ombro. Não começa devagar, não tem período de aquecimento nem tempo de observação. Avanço, decidido, e ataco por baixo. Acerto. Forte no queixo. Machuca. Dá para ver. Vejo porque quero mais, e ele está lá para se machucar. Está lá para apanhar, e eu sou o único no ringue que pode fazer isso.

São três minutos por round.

Isso é tudo.

Punhos e dor e ficar de pé.

Mais uma vez, sinto o punho abrindo caminho até o meu irmão, só que dessa vez acerto seu estômago em cheio. Em resposta, sua mão direita acerta o meu olho esquerdo. Trocamos socos durante quase todo o round. Ninguém corre, ninguém dá voltas. Apenas socos. Perto do fim, Rube acerta um golpe e me corta. Acerta a boca, fazendo minha cabeça balançar para trás e a pulsação na garganta ficar dormente. Minhas pernas fraquejam, mas o round termina. Vou direto para o meu corner.

Eu espero.

Eu quero.

A luta está ali, e quero que o Rube saiba que ele também está nela. O segundo round precisa convencê-lo.

BOM DE BRIGA

Começa difícil outra vez, e Rube erra dois jabs. Tento em seguida, mas erro um gancho. O Rube se irrita. Tenta me acertar com um gancho, mas a guarda fica aberta e dou o melhor soco da minha vida no queixo dele, e...

Ele balança.

Ele balança e vou atrás dele no corner neutro, acertando meus punhos em seu rosto e deixando um corte acima do olho. Ele volta a ficar calmo e sai do corner. Mas não acerta nenhum soco forte, e, de alguma forma, fico fora do caminho dele durante todo o round. Mais uma vez, acerto um gancho. Um bom soco. Um bom soco de verdade, e o round é meu.

— Você está numa luta — digo a ele. É tudo que digo, e Rube olha para mim.

Ele vem com ainda mais força no terceiro e me joga nas cordas duas vezes, mas só uns poucos socos acertam em cheio. A respiração dele está pesada, e meus pulmões estão exaustos. Quando o gongo soa, finjo uma explosão de energia e caminho, direto até o banco. Olho para o Rube, quando Perry fala com ele. É o rosto da nossa mãe quando ela se levanta, de manhã, pronta para dobrar mais um turno. É o rosto do papai no outro dia no balcão de empregos. É o rosto do Steve, lutando pela própria vida e, então, pela do papai, dizendo apenas:

"Oi, pai." É o rosto da Sarah tirando a roupa da corda comigo. É o meu rosto, neste momento.

— Ele está com medo de perder — diz Bumper.

— Bom.

No quarto round, o Rube reage.

Só erra uma vez, depois acerta várias vezes. A mão esquerda é particularmente cruel, me pregando no corner dele. Só consigo acertar uma vez e dou mais um gancho. É a última vez.

No fim do round, estou contra as cordas, quase acabado.

Dessa vez, quando soa o gongo, vejo meu corner, ah, a muitos e muitos quilômetros de distância e ando com dificuldade até lá. Caio. Sem forças. Nos braços do Bumper.

— Ei, amigão — diz ele, mas está muito distante. Por que está tão longe? — Acho que você não vai para o último. Acho que já teve o suficiente.

Presto atenção.

— Sem chance — digo a ele.

O gongo soa, e o juiz nos chama no meio. Um último aperto de mão antes do último round. É sempre a mesma coisa... até hoje.

O que vejo, faz minha cabeça ir para trás.

Será que é real?, me pergunto. *É...* Porque ali, na minha frente, o Rube está usando só uma luva de boxe

e os olhos dele dão voltas dentro dos meus. Ele está usando uma luva de boxe, na mão esquerda, como em todas as vezes no quintal. Está de pé ali, na minha frente, e uma coisa muito sutil brilha em seu rosto. Ele é um Wolfe e eu sou um Wolfe e nunca vou dizer ao meu irmão que o amo. E nem ele nunca vai me dizer.
Não.
Tudo que temos é isso...
É a única maneira.
Somos nós. Somos nós dizendo isso, da única maneira que sabemos.
Significa alguma coisa. É sobre alguma coisa.
Eu volto.
Para o meu corner.
Com os dentes, arranco a luva esquerda. Dou ao Bumper, que a recebe na mão direita.
Mamãe e papai estão em algum lugar na multidão, assistindo.
Minha pulsação dá uma volta em silêncio.
O juiz diz alguma coisa.
Puta.
É isso que ele grita?
Não, é "luta" mesmo.
Rube e eu olhamos um para o outro. Ele avança. Eu também. A multidão irrompe.

Um punho coberto. Um punho nu.

É isso.

Rube é o primeiro a dar um soco e me acerta no queixo.

Acabou. Estou ferido, estou... Mas reajo com um soco, só que erro. Não posso cair. Não hoje. Não agora, quando tudo depende de eu ficar em pé.

Levo mais um soco, e, dessa vez, o mundo parou. À minha frente, Rube está de pé, usando uma luva de boxe solitária. As duas mãos estão ao lado do corpo. Outro silêncio junta forças. É interrompido pelo Perry. As palavras são familiares.

— Acaba com ele! — grita.

Rube lança um olhar para Perry. Lança um olhar para mim. Diz a ele.

— Não.

Eu os encontro. Mamãe e papai.

Desabo.

Meu irmão me segura e levanta.

Sem saber, estou chorando. Chorando no pescoço do meu irmão, quando ele me levanta.

Ruben "Bom de Briga" Wolfe. Ele me levanta.

Ruben "Bom de Briga" Wolfe. Dói.

Ruben "Bom de Briga" Wolfe. A briga dentro dele.

Ruben "Bom de Briga" Wolfe. Como o restante de nós.

BOM DE BRIGA

Ruben "Bom de Briga" Wolfe. Não é uma briga, não. É outra coisa...

— Você está bem? — pergunta ele. É um sussurro.

Não digo nada. Só choro no pescoço do meu irmão e deixo que me levante. Minhas mãos não sentem nada, e minhas veias estão pegando fogo. Meu coração está pesado e doendo, e lá fora, em algum lugar, posso imaginar a dor de um cão que apanhou.

Percebo que nada mais aconteceu. O gongo soa e acabou. Ficamos parados ali.

— Acabou — digo.

— Eu sei. — Rube sorri. Eu sinto.

Mesmo nos minutos seguintes, quando passamos de novo pela multidão que murmura, o momento continua. E me leva de volta ao vestiário, me ajuda a trocar de roupa e aguarda comigo pelo Rube.

Hoje à noite, saímos rápido, sobretudo por causa da nossa mãe. Nós nos encontramos na van.

Do lado de fora, o ar frio me atinge.

Voltamos para casa, em silêncio, de novo.

Na varanda da frente, a sra. Wolfe para e dá um abraço em cada um. Ela também abraça o nosso pai, e os dois entram.

Parados do lado de fora, ainda ouvimos a Sarah perguntar, lá da cozinha:

— E então? Quem ganhou?

Também ouvimos a resposta.

— Ninguém.

É o papai.

Mamãe grita de lá de dentro.

— Rapazes, vão querer jantar? Vou esquentar a comida agora mesmo!

— O que é? — pergunta o Rube, cheio de esperança.

— O de sempre!

Rube vira para mim e diz:

— A porcaria da sopa de ervilha de novo. É uma des-graça.

— É — concordo —, mas é incrível também.

— É, eu sei.

Abro a porta de tela e entro na cozinha. Dou uma olhada no que está acontecendo, e o cheiro da vida diária abre caminho até o meu nariz.

— Ei, Rube.

Estamos na varanda da frente, tomando sopa de ervilha no escuro.

— O que foi?

— Você vai ganhar o título dos pesos leves em algumas semanas, não vai?

— Acho que sim, mas não vou fazer isso de novo no ano que vem. Vou dizer logo ao Perry. — Ele dá uma gargalhada. — Foi bom por um tempo, não foi? O Perry, as lutas, tudo.

Até eu dou risada, por alguma razão.

— Foi, acho.

Rube olha com nojo para a sopa.

— Isso está revoltante hoje à noite. — Ele ergue a colher cheia e deixa cair na tigela.

Um carro passa.

Miffy late.

— Estamos indo! — grita o Rube. Ele se levanta. — Ei, me dá a sua tigela.

Leva tudo lá para dentro e, ao voltar, saímos da varanda para pegar o maldito do Miffy.

No portão, paro o meu irmão.

Pergunto.

Markus Zusak

— O que você vai fazer quando o boxe acabar?
Ele responde sem pensar.
— Vou atrás da minha vida e vou agarrá-la.
Então, puxamos os capuzes e saímos.
Rua.
Mundo.
Nós.

Impresso no Brasil pelo
Sistema Cameron da Divisão Gráfica da
DISTRIBUIDORA RECORD DE SERVIÇOS DE IMPRENSA S.A.
Rua Argentina 171 – Rio de Janeiro, RJ – 20921-380 – Tel.: 2585-2000